Llyfrau Llafar Gwlad

Dathlu Dwynwen

Gol: Esyllt Nest Roberts

GWASG Carreg Gwalch

Llyfrau Llafar Gwlad
Golygydd y gyfres:
John Owen Huws

Argraffiad cyntaf: Ionawr 1998
Ⓗ *Gwasg Carreg Gwalch*

Ni chaniateir defnyddio unrhyw ran/rannau
o'r llyfr hwn mewn unrhyw fodd
(ac eithrio i ddiben adolygu)
heb ganiatâd perchennog yr hawlfraint yn gyntaf.

Rhif Llyfr Safonol Rhyngwladol:
0-86381-474-3

Clawr: Smala

Argraffwyd a chyhoeddwyd gan Wasg Carreg Gwalch,
Iard yr Orsaf, Llanrwst, Dyffryn Conwy LL26 0EH.
☎ *(01492) 642031*

Cynnwys

Cyfarchion Dwynwen – *Esyllt Nest Roberts* 4

Santes ar Stepan y Drws – *Jane Edwards* 8

Cerfio Llwy Serch – *Geoff Jones* 15

Modrwy – y Ddolen Aur – *Rhiannon S. Evans* 20

Glân Briodas – *Eirlys Gruffydd* 26

Y Wedd Gymdeithasol o Garu – *Gareth Humphreys* 34

Rhamanta – *Tecwyn Vaughan Jones* 40

Canu Serch y Cywyddwyr (c.1330-1525) – *Bleddyn Owen Huws* 48

Morwyn a Gwraig: Safle Mab a Merch yng Nghyfraith Hywel
– *Morfudd E. Owen* 57

Llyfryddiaeth 65

Cyfarchion Dwynwen

Tarddiad gŵyl Sant Falentin yw'r gwyliau serch a ddethlid ym mis Chwefror yn nyddiau'r Ymerodraeth Rufeinig. Yn ystod y dathliadau hynny byddai merched a bechgyn ifanc di-briod yn cynnal amrywiol ddefodau ac arferion, megis bwrw coelbren i geisio rhagfynegi pwy fyddai eu cymheiriaid yn y dyfodol. Ceisiodd yr offeiriaid Pabyddol ddileu'r fath arferion paganaidd, ond yn ofer, ac felly cyflwynwyd gwyliau o'r newydd wedi eu cysegru i saint Cristnogol, megis gŵyl Sant Falentin, gŵyl y merthyr Cristnogol a laddwyd yn nyddiau'r ymerawdwr Claudius yn y drydedd ganrif. Cysylltid gŵyl y *Lupercalia* â diwrnod merthyru Falentin hefyd, ac yn ystod yr ŵyl honno fe gynhelid raffl i geisio penodi cariadon yn bartneriaid am y dydd. Ond ni wyddwn pam mai Falentin a ddewiswyd yn nawddsant cariadon. Awgrymwyd am mai ym mis Chwefror y'i merthyrwyd, neu am mai o'r gair *galantin* (carwr) y daw'r enw Falentin.

Fe barhaodd yr arfer o fwrw coelbren a llawer o ddefodau rhamanta eraill ymhell wedi i'r Rhufeiniaid adael Prydain, ac wrth gwrs, roedd cyflwyno anrhegion a gyrru negeseuon serch yn arferion caru poblogaidd hefyd. Erbyn yr ail ganrif ar bymtheg dechreuwyd gyrru ffolantau papur wedi eu gwneud â llaw a negeseuon cariadus arnynt. Mae sawl enghraifft o'r ffolantau hyn wedi goroesi ac fe welir un Cymraeg o waith taid Iorwerth C. Peate yn Amgueddfa Werin Cymru. Cyfeiria Peate at y ffolant cartref hwn yn ei gyfrol *Diwylliant Gwerin Cymru:*

> Dengys ffolant o eiddo fy nhaid i'm nain adwaith gwladwr o Gymro i'r arfer gystal â dim. Cymerth ddarn o bapur gwyn a phaentio arno galonnau a chylchoedd a llu o batrymau syml – coed, blodau, etc., – tebyg i'r hyn a welir ar samplerau. Ar y cefn sgrifennodd bedwar pennill – rhai ohonynt o bosibl o'i waith ef ei hun ond yn sicr mewn rhan yn bennill gwlad traddodiadol:

Dyma lythyr gwedi ei selio
A sêl aur a chusan ynddo
O na allwn gan fy ngofid
Roi fy nghalon ynddo hefyd.

Nid wyf yn rhoddi arnoch dasg
Ond i chwi 'nghofio o hyn i'r Pasg
A macyn sidan cyfan coch
Neu bâr o fenyg yr un a fynnoch.

Haws yw hela'r môr ar lwy
A'i ddodi oll mewn plisgyn wy
Nag yw troi fy meddwl i,
F'anwylyd fach, oddi wrthych chwi.

Fallai dywedwch chwi amdanaf
Mai hen benillion sosi yrraf.
Dweud yn wir a allaf finnau
Mai hen ffasiwn yw ffalantau.
      O cofiwch fi,
      Da chwi,
      I Mary.

Yn ystod y bedwaredd ganrif ar bymtheg, dechreuwyd masnachu cardiau ffolant parod, ond wrth gwrs, roedd y rhain yn amhersonol o'u cymharu â'r ffolantau cartref. Yma yng Nghymru ar ddiwedd chwedegau a dechrau saithdegau'r ganrif hon, cafwyd ymgais i danseilio dylanwad y cwlt Seisnig a rhoi gŵyl Dwynwen ar ei thraed. Un o'r rhai fu'n ymgyrchu dros sefydlu'r ŵyl oedd Vera Williams, myfyrwraig ym Mhrifysgol Bangor ar y pryd, ac fe benderfynodd mai da o beth fyddai cyhoeddi cardiau Cymraeg i ddathlu gŵyl Dwynwen. Cynlluniwyd y pedwar cerdyn Dwynwen cyntaf gan fyfyrwyr celf a'u hathro, Elis Gwyn Jones, ac fe'u hargraffwyd gan Mair Jones yng Ngwasg y Moresg, Llanystumdwy. Y tu mewn i bob cerdyn ceir cwpled Cymraeg rhamantus. Cynllun ar y cyd â Phlaid Cymru oedd hwn, ac fe anogwyd pobl yng ngholofnau'r *Welsh Nation* i yrru cardiau Dwynwen. Yna dechreuodd gwasg y Lolfa gyhoeddi cardiau ar gyfer yr ŵyl hefyd – cardiau a oedd yn tueddu i fod yn fwy gogleisiol ar y cyfan. Erbyn heddiw mae Ionawr y pumed ar hugain wedi hen sefydlu'n ŵyl i gariadon Cymru a gyrru cyfarchion Dwynwen bellach yn arferiad blynyddol ledled y wlad.

Esyllt Nest Roberts

Cardiau Dwynwen
Gwasg y Moresg

*A wyt ti'n fy ngharu i
Fel rwyf i'n dy garu di?*

*Ni bydd hyn ond profi'n union
Fod môr o serch o fewn fy nghalon.*

*Mi rof inc ar bapur tenau
Ac a'i seliaf â chusanau.*

*Hardd y nos yw gwenau'r lleuad
Harddach ydyw grudd fy nghariad.*

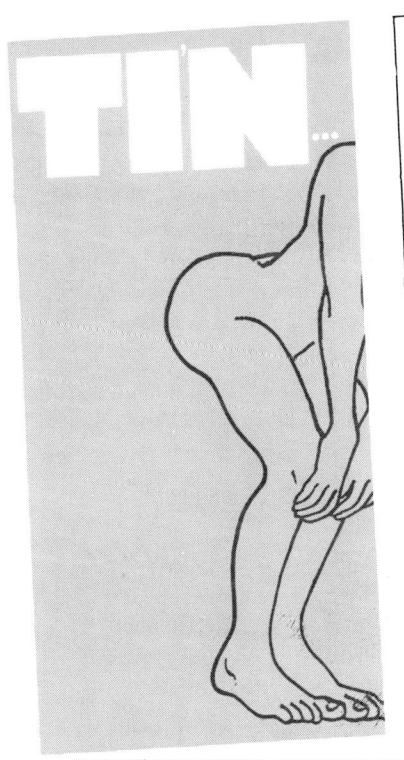

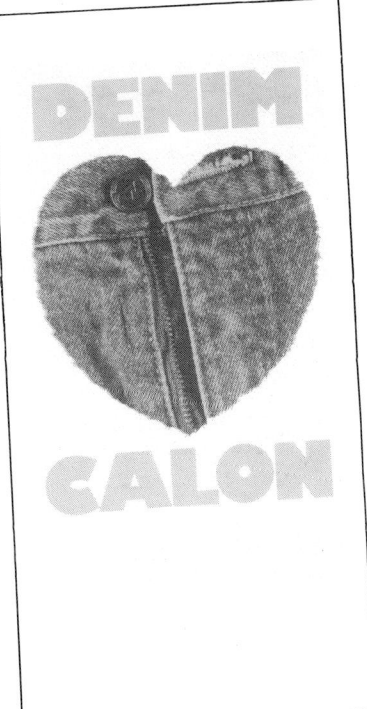

Gwasg y Lolfa

7

Santes ar Stepan y Drws

Yn yr ysgol gynradd yn Niwbwrch, Ynys Môn y clywais i gynta rioed am Ddwynwen, nawddsantes cariadon Cymru, ac er na fedra' i adrodd y stori air am air fel y clywais hi, mae'r argraff wedi aros. A phwy wela fai; nid bob dydd yr ydych chi'n clywed bod yna santes wedi trigo yn yr un ardal â chi? Ac nid santes gyffredin sych-dduwiol chwaith, ond santes cariadon a ddewisodd fyw yn un o'r mannau hardda'n y byd – Ynys Llanddwyn, rhyw ddwy i dair milltir o'n pentre ni.

Ond peidiwch â gadael imi grwydro (mi fedrwn i dreulio gweddill y gofod a roddwyd imi yn canmol clodydd Ynys Llanddwyn). Ymlaen â'r stori yn ddiddyddiad, ddi-ffrils, fel yr adroddwyd hi gan y pencyfarwydd hwnnw, W. H. Roberts, ein prifathro a oedd hefyd yn ddarlledwr penigamp. Ac roedd hi'n mynd rhywbeth yn debyg i hyn:

> Amser maith yn ôl, roedd 'na santes yn byw yn Llanddwyn; tywysoges hardd, merch i frenin. Enciliodd yno i dreulio gweddill ei hoes ar ôl cael ei siomi a'i brifo mewn cariad. Hi oedd Fenws Cymru a byddai pererinion lu yn cyrchu tua'r ynys i eiriol am ei bendith ar eu carwriaeth. Ac os nad ei bendith, yna ei chyngor a'i chymorth i ddod dros eu siom. Doedd neb yn fwy addas gan y gwyddai hi'n iawn am boenau serch. Ond nid dawn i wella clefydau serch yn unig a roddwyd iddi – gallai wella clefydau anifeiliaid a phobl yn ogystal. Yn yr hen amser, arferai'r rhai oedd yn diodde o'r cricymalau ac anhwylderau tebyg dreulio'r noson ar y llecyn glas uwchben ffynnon Dwynwen, llecyn o'r enw Gwely Esyth. Ac yn y bore byddent yn torri eu henwau yn y dywarchen i brofi eu bod wedi cael gwellhad.

Dafydd ap Gwilym ddywedodd:

Nid oes glefyd na bryd brwyn
A êl ynddo o Landdwyn.

Ydych chi'n cofio hanes Dafydd ap Gwilym? Fo oedd y bardd gafodd drafferth mewn tafarn yma yn Niwbwrch. Fo hefyd sgrifennodd gywydd canmoliaethus i'r pentre a'i bobl:

Hawddamawr mireinwawr maith
Tref Niwbwrch trwy iawn obaith!
A'i glwysdeg deml a'i glasdyr
A'i gwin a'i gwerin a'i gwŷr
A'i chwrw a'i medd a'i chariad

A'i dynion rhwydd, a'i da rhad!
Cyfnither nef yw'r dref draw.

Dyna ichi ddweud. A chofiwch chi, nid rhyw le ceiniog a dimai oedd Niwbwrch, ond bwrdeistref efo'i llys, ei deddfau a'i hawliau ei hun. Pobl rydd, urddasol, yn perthyn i faenor Rhosyr oedd ei phobl, a disgynyddion y bobl etholedig hynny ydych chi bob un. Daliwch eich pennau'n uchel – mae ganddoch chi le i ymhyfrydu yn eich tras.

Nid oedd raid iddo ddweud dim. Roedd hi fel eisteddfod jiráffs yn y dosbarth pan fyddai W. H. Roberts yn canu clodydd ein bro. Ac i wneud yn siŵr fod ganddon ni gric yn ein gyddfa am weddill y dydd, dyna ychwanegu ein bod o dras Llywelyn Fawr:

Mae llys yn Rhosfair – mae llyn
Mae eurgylch – mae Arglwydd Llywelyn.

Ac nid geiriau gwag mo'r rhain gan eu bod wedi dod o hyd i olion llys Llywelyn ger yr Eglwys Fawr yn ddiweddar. Ond yn ôl at y stori.

Yn sir Aberteifi, fel y cofiwch chi, yr oedd Dafydd yn byw. Ac er nad oedd ffyrdd fel sy'n gyfarwydd i ni heddiw, na dull o deithio ond ar droed, roedd o'n ymwelydd cyson â Niwbwrch. Pa ryfedd ac yntau mewn cariad efo Morfudd, oedd yn byw yng nghyffiniau Bryniau a Cerrig Mawr? Ond yn anffodus i Dafydd, roedd hi'n briod â'r Bwa Bach, rhyw bry copyn o ddyn efo coesau cam a chrwb ar ei gefn. Beth bynnag am hynny, fe aeth Dafydd yr holl ffordd i Landdwyn un tro i grefu ar Ddwynwen i weddïo ar ei ran i ennill llw y fun o Eithinfynydd. A dyma fel y canodd o iddi:

Dangos o'th radau dawngoeth
Nad wyd fursen, Ddwynwen ddoeth!
Er y crefydd, ffydd ffyrfyw
A wnaethost tra fuost fyw;
Er dy rad lawn, a'th ddawnbwys
O benyd y byd a'i bwys,
Er enaid, be'n rhaid yr hawg,
Er yr eirian leianaeth,
A gwyrdawd dawd y coethcnawd caeth;
Eiriol er dy greuawl gred
Yr em wyry, roi ymwared.

Ond trwbadŵr oedd Dafydd, rhamantydd â'i dafod yn ei foch, ac fe wyddai yn anad neb fod Dwynwen yn gwybod am 'gudd feddyliau'r galon a chrwydradau mynych hon'. Ac am mai santes oedd hi, roedd hi siŵr o fod yn gwybod am Dyddgu, y ferch arall roedd o'n ei charu. Un â'i gwallt yn felyn fel aur a'r llall â'i gwallt fel y frân. Ond yr un benfelen roedd o'n ei charu; y fun o Eithinfynydd.

Wel, o leia dwi'n meddwl mai'r un benfelen ddywedodd o, o gofio bod Margiad Ty'n Rhos wedi ei gweld yn reidio ceffyl ar y ffordd o'r capel un nos Sul, a'i gwallt yn chwifio fel gwenith yn y gwynt. 'Doedd hi ddim yn ddynas capal, ma' *hynny* mor amlwg â'r dydd,' medda Wil Tŷ Nesa, mewn tôn mor awdurdodol fel nad oedd gan neb ddigon o blwc i ofyn pam: ai am ei bod hi'n reidio ceffyl ar y Sul ynteu am ei bod yn cyboli efo trwbadŵr a hithau'n wraig briod barchus? (Cym on, llai o'r sangiadu. 'Nôl at y stori, Jane.)

Nid Dafydd oedd yr unig un i fynd ar ofyn y santes. Roedd pererinion yn tyrru o bob cwr i'r ynys ar un adeg. A dywedir bod yr elw o'r fynachlog, oedd yn sefyll lle mae adfeilion yr hen eglwys heddiw, yn fwy nag elw yr un fynachlog arall yng ngogledd Cymru. Ac mae Lewis Morris yn sôn am ddelw euraid o'r santes. Roedd y traddodiad yn fyw iawn, 'dach chi'n gweld. Gwrandewch ar gywydd Syr Dafydd Trefor:

Awn i Landdwyn at Ddwynwen
a chwyr garllaw Niwbwrch wenn
Awn atti a'n gweddi yn gu
awn â thus i nith Iessu
Awn i ynnill yn union
nef o law merch lana Môn
Awn atti ac yn glinief
Awn dan nawdd Dwynwen i nef.

Yn anffodus, gyda dyfodiad y capeli ac ymneilltuaeth, fe roddwyd y gorau i bererindota, i'r arogldarth a'r canhwyllau brwyn. Ac i bob pwrpas fe luchiwyd Dwynwen i ogofâu'r cof. Ac eto, mae 'na bobl yn byw yn Niwbwrch sy'n dal i fynd ar ei gofyn; maen nhw'n dal i fynd draw at ffynnon Dwynwen i ofyn am ei chymorth a'i bendith i ddewis gŵr neu wraig. Ac efallai y dewch chwithau hefyd yn eich tro at nawddsantes cariadon Cymru, i ofyn am ei chymorth a'i bendith.

Roeddwn i'n rhy ifanc ar y pryd i feddwl am gariad, heb sôn am fod isio clymu fy hun wrth un dyn am weddill fy oes. Ond roedd gen i ddiddordeb chwilfrydig mewn gwybod pwy oedd wedi bod at y

Adfeilion Eglwys Dwynwen

ffynnon. Yn sicr ddigon, doedd Nain ddim wedi mynd ar ofyn y santes. Roedd hi'n ddynas capal go iawn – 'Ffrwyth Diwygiad Ifan Robaitsh' fel y bydda hi'n lecio brolio. Ond efallai bod ei thaid a'i nain hi wedi bod. Dyna pryd roedd *amser maith yn ôl* yn dechrau, cyn dyddiau nain a thaid fy nain.

> Brenin y bratia, doedd ganddyn nhw ddim amser i fynd i gymowta, byw lawr yn fan'cw yn Aber Menai, hela sgwarnogod a mynd draw i'r Belan yn sir Gaernarfon i sgota. Smocio pibell glai o fora gwyn tan nos mor fudr â'i gilydd fel dau hen swîp.

Na, doeddan nhw ddim yn swnio'r math o bobl fydda wedi mynd ar ofyn Dwynwen rywsut – nid y math o bobl fydda Dwynwen isio'u harddel chwaith! Ond rhyfeddod y byd, roedd fy mam wedi bod draw at y ffynnon. 'Be ofynnoch chi, Mam? Ofynnoch chi am gael priodi Dad?' 'Paid â holi, ti'm i fod i ddeud neu ddaw dy ddymuniad di ddim yn wir.' 'Ond roedd hynny flynyddoedd yn ôl.' 'Dim ots am hynny, secret ydi secret. Mae'n secret am oes.' Doedd dim rhaid iddi ddwyd, ran hynny; roeddwn i'n gwybod oddi wrth dro ei gwefusau hi fod a 'nelo'i secret â Dad.

Felly dyna ddechrau holi ei pherfedd hi am y ddefod, a sut i gyfarch santes. (Mae'n bwysig dros ben eich bod chi'n gwybod be i ddeud; 'dach chi ddim isio codi gwrychyn santes yn syth.) Roedd y ddefod ei hun yn ddigon syml: gwthio pin i gorcyn, dymuno'n ddistaw bach ac yna lluchio'r corcyn i'r ffynnon. Ond be am y geiria? Dyna'r drwg, cael mam oedd yn meddwl yn nherma hen nodiant a sol-ffa. Be am y geiria? 'Mi ddôn' nhw i chdi wrth i chdi gau dy llgada,' oedd yn gwneud dim synnwyr o fath yn y byd. Ond yn waeth byth, doedd hi ddim yn fodlon mynd â ni at y ffynnon; rhy bell ar draws y twyni a'r traeth, medda hi. Ond dyw'r ynys fawr o beth i gyd. Rhyw filltir o hyd ac oddeutu chwarter milltir ar ei thraws. Nefoedd o le i blant ar eu prifiant i chwarae cuddio yng nghilfachau Porth Tŵr Mawr a Phorth Tŵr Bach, Porth y Peilats, Porth y Clochydd, Porth yr Halen a Phorth y Cwch, heb sôn am adfeilion yr eglwys ei hun.

Wn i ddim pryd y dois i o hyd i'r ffynnon nac efo pwy oeddwn i, ond ar yr ochr orllewinol y mae hi, ar lethr Gwely Esyth uwchben Porth yr Ogof neu'r Corddwr Mawr i roi enw'r ardal ar y lle (mangre a anfarwolwyd gan Grace Wynne Griffith yn ei nofel antur *Helynt Ynys Gain*), a'r lle mwya' bendigedig yn y byd i loetran ar noson o ha' pan fo'r haul yn machlud dros Gaergybi, a sŵn y môr, a'r haul wedi mynd i mewn i chi i lyfnhau eich tu mewn. Ddim rhyfedd yn y byd i Ddwynwen ddymuno treulio'i hoes yma, gan ddeisyfu yn ei munuda ola' gael codi o'i gwely angau at hollt ym mur y gell i gael golwg ar y môr. Ew, dwi'n lecio'r llun o Ddwynwen yn edrych allan ar y môr yn fwy na'r un llun arall bron dan wyneb haul.

'Ond waeth i chi heb na sôn am be 'dach chi'n eu hoffi a rhyw goelion bro di-sail,' meddai'r cynhyrchydd teledu pan gytunais i drafod fy hoff le hefo Norah Isaac, Cynan ac Esgob Tyddewi dros ddeng mlynedd ar hugain yn ôl.

Dratia haneswyr, ysgolheigion a chynhyrchwyr teledu sy' isio profi popeth efo dyddiadau a phrint. Ond mynd i chwilio fu raid i mi, a dŵad o hyd i'r adroddiad yma gofnododd Hugh Owen yn ei lyfr ardderchog *Hanes Plwyf Niwbwrch*, tt.60-61:

> Maelon Dafodrill a garodd Dwynwen, ferch Brychan Sant, a hi a'i carodd yntef. Ag ef a'i ceisiodd yn amhriod ag nis cai, am hynny Maelon a gadawodd drwy gased a'i gwarthaoedd a hynny a bu yn achos dirboen gofid a galar iddi. Ac un noson mewn coed hi a weddïodd ar Dduw am wellhad o'i chariad, a Duw a ymddangosodd iddi yn ei chwsg, ac a roddes iddi ddiod peraidd, yr hwn a'i gwellhaodd, a hynny yn gwbl iach; ag a welai roddi'r un ddiod i Fallon yr hyn a'i rhewodd yn iâ. A Duw a roddes ei harch ar dri pheth iddi, a hi a archodd yr gyntaf dattrew ar Faelon, ac yn ail gwrandewyd ar ei gweddïau dros fyth ymhlaid

Ffynnon Dwynwen ar Ynys Llanddwyn

serchogion cywirgalon, fel y byddai iddyn y naill a'i cael a'i cariadai, ail cael gwellhad o'n cariadgur; ac yn drydydd nas byddai raid iddi wrth ŵr byth, a hi a gafodd y tair arch. Ag am hynny hi a gymmerth arnhi'r heniaith, ag a aeth yr Sants, a phob cywirgalon ac a weddïai arni a gâi y naill ai ymwared o'i serch ai meddiannu'r Cariaddtyn.

Na, nid fel'na'n union yr adroddais i'r stori wrth Cynan, Norah Isaac, Esgob Tyddewi a'r holl wynebau anweledig oedd yn gwrando ar y rhaglen deledu arbennig honno. Eto, er fy holl nerfusrwydd, mae'n rhaid 'mod i wedi gwneud sioe go lew, oherwydd am flynyddoedd wedyn ni pheidiodd y ffôn â chanu o gwmpas Ionawr 25ain, sef dydd gŵyl Santes Dwynwen. Canu cymaint nes 'mod i wedi laru bod yn fand un dyn.

Ond erbyn hyn mae lleisiau newydd wedi gafael yn y stori a'r ŵyl yn mynd o nerth i nerth. A does dim yn rhoi mwy o bleser i mi na gweld cardiau Dwynwen yn cael eu gwerthu, a siop flodau Kevin yma yn Aberystwyth wedi ei haddurno'n hardd ar gyfer yr ŵyl, neu glywed ar y radio bod cyngerdd neu ddawns Santes Dwynwen yn cael eu cynnal yn y fan a'r fan. Ddwy flynedd yn ôl, a hithau'n flwyddyn naid, darllenais am ferch yn gofyn i'w chariad ei phriodi ar ddydd gŵyl Santes Dwynwen. Dyna brawf, os oes angen un, bod dylanwad Dwynwen yn dal mor gry' ag yr oedd pan oedd pererinion yn tyrru i'r ynys i losgi'r canhwyllau pêr.

Be ofynnoch chi? Do, wrth gwrs, mi fûm i draw at y ffynnon yn dymuno, ac unwaith mi ofynnais i, fel Dafydd ap Gwilym gynt, am rywbeth ffôl. Ond fore trannoeth roeddwn i wedi cerdded y tair milltir i Landdwyn i dynnu fy nymuniad yn ôl.

Be? A wireddwyd fy nymuniad? Do, sawl un. Ond peidiwch â disgwyl i mi eu datgelu nhw. Secret ydi secret, chwedl mam. Ac mae secret Santes Dwynwen am oes.

Jane Edwards

Cerfio Llwy Serch

Ymddengys bod y traddodiad o gerfio llwyau pren fel arwydd o gariad yn mynd yn ôl ganrifoedd, ac mae nifer o enghreifftiau hynafol iawn i'w gweld yn Amgueddfa Werin Cymru, Sain Ffagan. Yn ôl yr hanes, dylem ddychmygu gwas fferm yn treulio ei oriau hamdden fin nos drwy'r gaeaf yn gweithio ar gampwaith grefftus gyda'r nod o wneud argraff ffafriol ar forwyn fferm gyfagos. Syniad digon rhamantus, ond trueni am y creadur trwsgl oedd yn ei chael yn ddigon anodd i ddefnyddio pladur heb sôn am gyllell boced. Gallai ei deimladau fod yn gwbl ddiffuant ond ei ymdrechion i lunio llwy yn druenus, a'r canlyniad prin ddigon da i droi uwd. (Ac i'r gwrthwyneb, nid yw rhodd o lwy gampus sy'n dangos holl grefft a medr y cerfiwr yn sicrhau ymateb ffafriol gan y rhyw deg, fel y gallaf dystio o brofiad!)

Felly, ni ddylid mesur dyfnder cariad yn ôl cywreinrwydd y llwy; wedi'r cyfan, nid pawb sy'n gymwys i ddefnyddio arfau miniog, fel y tystia'r creithiau niferus sydd ar fy nwylo wedi blynyddoedd o naddu. Nid yw'n syndod i mi fod bechgyn bellach yn prynu neu yn comisiynu llwyau i'w cariadon – mae'n waith llawer llai gwaedlyd. Eto i gyd, nid oes rhaid iddynt fod yn llai personol eu naws. Mae gan gariadon a gwragedd y rhan fwyaf o fy ffrindiau lwyau wedi eu gwneud yn arbennig ar eu cyfer, gyda'r nifer cywir o beli neu gyffyrddiadau personol eraill. Yn ddigon naturiol, cafodd ambell un o'r rheiny eu harchebu'n arbennig ar gyfer dydd gŵyl Santes Dwynwen.

Mae'n bosib cymharu llwy serch â ddarn o farddoniaeth. Gall ambell lwy gywrain a welir mewn arddangosfa Celf a Chrefft yn yr Eisteddfod Genedlaethol ddangos ôl wythnosau o lafur gofalus a manwl (llafur cariad wrth gwrs) yn yr un modd ag y gwna awdl y bardd sy'n cael ei gadeirio ganllath i ffwrdd yn y pafiliwn. Ar y llaw arall, mae ambell enghraifft o'r 'grefft' sydd i'w gweld mewn siopau anrhegion i dwristiaid i'w chymharu â limrig wedi ei hysgrifennu'n frysiog ar wal tŷ bach cyhoeddus.

Gan dderbyn bod amrywiaeth aruthrol yn safon ac ansawdd y llwyau caru sydd i'w gweld ledled Cymru, mae rhai nodweddion sydd, mae'n debyg, yn gyffredin iddynt i gyd. Mae'r arferiad o roi llwy fel arwydd o gariad yn tarddu o'r ffaith syml fod llwy yn declyn ar gyfer bwyta, hynny yw, dymuniad i fwydo, darparu ar gyfer cymar, priodi. Rwyf hyd yn oed wedi gweld ambell enghraifft o lwy, cyllell a ffroc wedi eu cerfio o'r un darn o bren gyda chadwyn yn eu cysylltu (rhag ofn bod y ferch yn rhy dwp i ddeall ystyr llwy unigol efallai!).

Mae'r peli bychain a welir yng nghoes ambell lwy, yn ôl traddodiad, yn dynodi'r nifer o blant y dymuna'r rhoddwr eu cael o ganlyniad i'r briodas – ie priodas, nid dim ond perthynas – ac mae'r defnydd helaeth a wneir o galonnau yn egluro'i hun. Yn yr un modd, mae symbol o oriad/allwedd a chlo yn awgrymu bod y cerfiwr am rannu ei dŷ â'r ferch dan sylw (dan yr un amodau ag o'r blaen). Os oes cadwyn wrth y llwy, golyga fod y rhoddwr yn dymuno iddynt gyd-fyw; yn wir, ambell waith ceir dwy lwy wedi eu cysylltu â chadwyn.

Mae'r symbol o angor yn atgof fod traddodiad o gerfio llwyau serch ymhlith morwyr hefyd, yn enwedig gan fod angor yn arwydd o awydd i setlo, hynny yw, priodi. Fel y peli bach, mae gwinwydden wedi ei cherfio i mewn i wyneb y pren yn arwydd o ffrwythlondeb. Gall olwyn fod yn symbol o weithgarwch a diwydiant, sef yr awydd i weithio'n galed i gynnal y wraig (a'r teulu). Rhinweddau hen ffasiwn go iawn yntê?

Dyna, yn fyr, yw hanes y llwy garu yng Nghymru, a'r cysylltiad hynod gyfleus â dydd gŵyl Santes Dwynwen. Ond beth am ei dyfodol? Yn draddodiadol, llanciau rhamantus oedd yn cerfio llwyau i'w cariadon, ond yn ystod y blynyddoedd diwethaf, mae'r grefft yn fwy cysylltiedig â hen ddynion sydd angen rhywbeth i gynnal eu diddordeb ar ôl iddynt ymddeol. Felly dyma fi, yn fy nhridegau hwyr, a hyd y gwn i does dim ond un cerfiwr arall o'r un genhedlaeth wrthi'n parhau â'r traddodiad, sef Dafydd Cadwaladr o Fethesda. Mae ei waith o safon eithriadol o uchel, a gall draethu am oriau am rinweddau darn o bren – ei ansawdd, y graen a'r potensial sydd ynddo ar gyfer ei gerfio.

Ni allwn anghofio'r crefftwyr proffesiynol chwaith. Rhain yw'r bobl sy'n derbyn comisiynau gwerth cannoedd o bunnoedd gan y teulu brenhinol a phwysigion eraill am lwyau ar gyfer digwyddiadau arbennig, ac sy'n allforio enghreifftiau o'u gwaith am grocbris. Ond o weld ansawdd gwaith rhai ohonynt, mae'n hawdd gweld pam maent mor ddrud.

Rwyf innau wedi datblygu ambell agwedd newydd ar y grefft dros y blynyddoedd: cadwyn lle mae pob dolen ynddi yn troi drwy 90 gradd, yn hytrach na bod yn hirgrwn syml er enghraifft. Rwyf hefyd wedi arbrofi â'r syniad o gerfio peli mewn caets gyda phump neu chwech o bileri iddo, yn hytrach na'r pedwar arferol, yng nghoes y llwy. Mae caets gyda phileri yn troelli yng nghoes y llwy yn syniad newydd hefyd; mae'n fwy o her i'r cerfiwr ond gall y darn gorffenedig fod yn hynod ddeniadol. Nid yw'r camau hyn yn chwyldroadol o bell ffordd, ond maent yn dangos bod modd i hen grefft ddatblygu'n raddol dros y blynyddoedd.

Naddu Llwy Serch – Gam wrth Gam

Fe ddechreuais i gerfio llwyau serch dros ugain mlynedd yn ôl wedi imi weld fy ewythr, Bill Thomas, yn gwneud un ar gyfer pen-blwydd fy modryb. Heb amheuaeth, ef sydd wedi fy ysbrydoli i naddu ac yn wir, ar y dechrau, bu'n gyfrifol am brynu cyllyll a chun i mi ar gyfer y gwaith.

Dylwn hefyd dalu teyrnged i'r diweddar Dafydd Roberts, Abergynolwyn, a fu'n ddigon caredig i anfon cyfarwyddiadau a diagramau manwl ar sut i gerfio peli crwn yng nghoes y llwy, gryn ddeunaw mlynedd yn ôl, pan sylweddolodd fod bachgen ifanc yn ymddiddori yn y grefft.

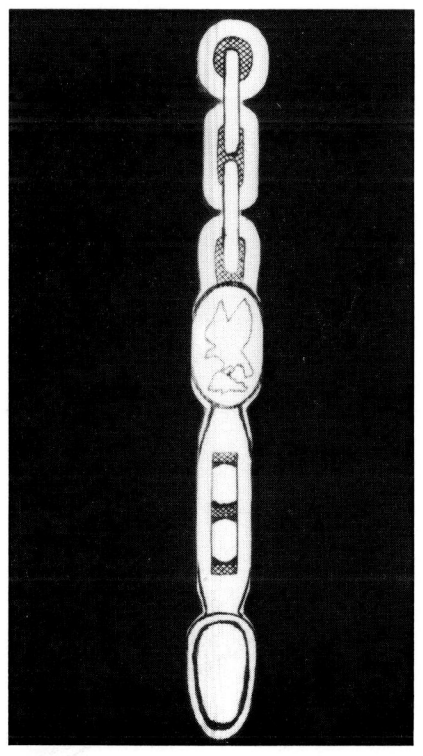

Torri siâp y llwy allan o wyneb y pren

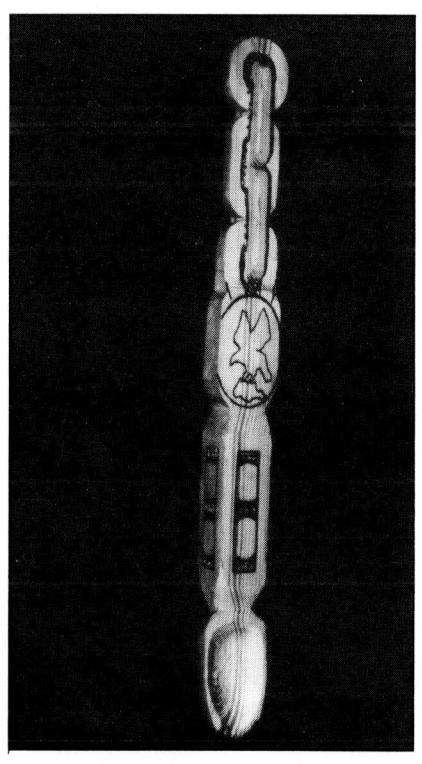

Llunio siâp y gadwyn yn fras, tyllu'r goes a dechrau ffurfio bowlen y llwy

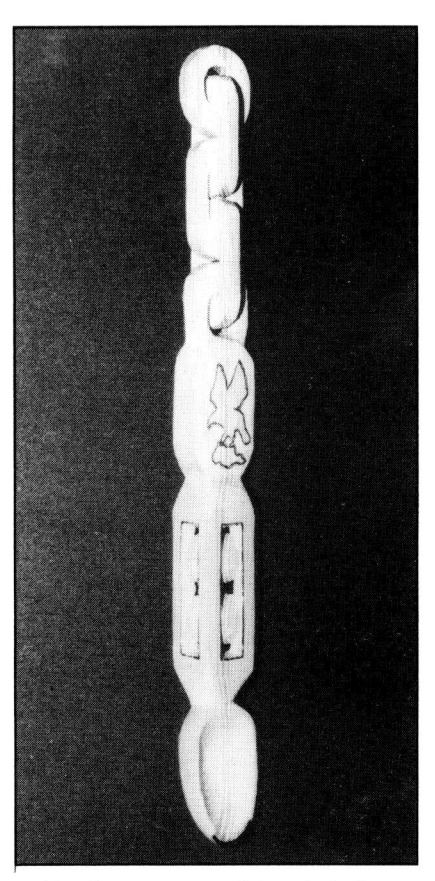

Torri o gwmpas y dolenni, dechrau ffurfio'r peli a thorri'r logo

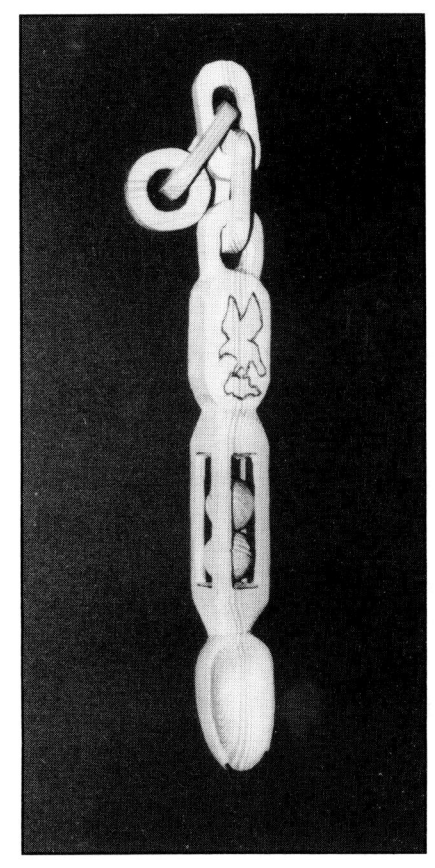

Rhyddhau'r dolenni a'r peli

Naddu'r peli'n grwn a'r dolenni'n hirgrwn; crafu cefndir y logo a ffurfio pileri coes y llwy

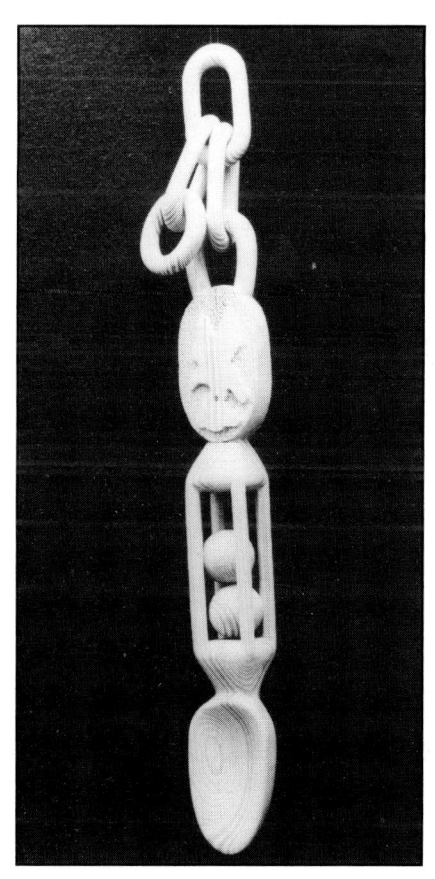

Llyfnhau'r cyfan gyda phapur tywod bras, yna papur tywod mân, ac mae'n barod i'w staenio

Geoff Jones

Modrwy – Y Ddolen Aur

Ers dechrau gwareiddiad mae dynion, gwragedd a phlant wedi gwisgo tlysau i addurno'r corff. Y ffurf amlycaf yw'r fodrwy, sef cylch yn cwmpasu braich, coes, neu fys. Ffurf arall arni yw cylch i'w wisgo o gwmpas y gwddf, y wasg neu'r pen. Rhaid wrth doriad yn y cylch gyda'r rhain er mwyn eu gwisgo a'u tynnu, ac fe'u gelwir yn dorchau yn hytrach na modrwyau.

Canfuwyd modrwyau ar gyrff pobl ymhob oes ac ymhob lle, o Oes y Cerrig hyd heddiw. Nid yw'r symlaf ohonynt yn ddim amgen na chylch o garreg, cragen neu fetel diaddurn, a hwyrach y gwnaed rhai hefyd o bren neu ddeunydd organig arall na fuasai wedi goroesi i ninnau eu canfod.

Ni wyddom paham yr oedd modrwy yn beth mor bwysig yn ôl yn y cyfnod cyn hanes, ond o ystyried y natur ddynol ac agweddau cyffredin sydd wedi parhau ar hyd y canrifoedd ymysg pobl ar draws y byd, mae'n bur debyg mai rhyw gred mewn rhinwedd amddiffynnol oedd wrth wraidd yr arfer. Mae'r ddelwedd o gylch neu gylchoedd yn un hynafol iawn sy'n ymddangos yng nghelfyddyd gynharaf pob gwareiddiad, a hefyd yn syniadau cynnar pob crefydd, boed yn symbol o gylch yr haul a'r lloer neu yn symbol o amgylchyniad i amddiffyn rhag nerthoedd drwg.

Mae cylch neu fodrwy hefyd yn symbol o dragwyddoldeb – y llinell ddiderfyn heb ddechrau na diwedd sy'n parhau am byth.

Wrth i wareiddiad a galluoedd dyn ddatblygu, aeth tlysau a modrwyau yn fwy cywrain a daeth eu symbolaeth yn fwy cymhleth. Yn raddol datblygodd cymdeithas lle'r oedd rhai pobl yn fwy cyfoethog a breintiedig na'r rhelyw, a daeth gwisg a thlysau cywrain yn symbol o safle'r perchennog yn y gymdeithas honno. Gan ei bod yn arfer hefyd gan lawer o'r poblogaethau hynny i gladdu eu pendefigion mewn beddrodau moethus ynghyd â llawer o'u heiddo personol, yr ydym yn gwybod cryn dipyn am eu harferion a'r pethau oedd yn bwysig iddynt.

Wedi darganfod metelau gwnaethpwyd tlysau o gopr, arian ac aur, haearn ac efydd, a datblygwyd sgiliau crefft arbennig i'w trin. Nid cyfoeth yn unig a ysgogai'r crefftwyr, ond rhesymau crefyddol a chymdeithasol. Braint fuasai gwneud tlws arbennig i rywun oedd â statws arbennig yn y gymuned, megis brenin, brenhines neu offeiriad, a braint fwy fyth fuasai gwneud tlws i'w offrymu i'r duwiau. Mae yn natur pob crefftwr i ymarfer ei ddawn hyd yr eithaf dan y fath amgylchiadau, ac nid annisgwyl felly yw'r ffaith fod y gemwaith mwyaf cain ymhob oes a thrwy'r byd wedi ei ddarganfod ym meddrodau brenhinoedd ac mewn cysegrfannau crefyddol. Nid rhyfedd chwaith fod aur, y metel harddaf a phrinaf, yn cael ei neilltuo ar gyfer y crefftwaith gorau ac ar gyfer pobl bwysig a defodau crefyddol.

Yr oedd symbolaeth yn elfen bwysig o'r rhan fwyaf o'r tlysau, gyda'r ddelweddaeth yn cynnwys symbolau crefyddol, llwythol a theuluol. Rhan o ddiben modrwyau a thlysau oedd dangos perthynas: hynny yw, tras a statws y perchennog a'r teulu neu lwyth y perthynai iddo. Elfennau eraill oedd amddiffyniad a chrefydd, sef amddiffyn y perchennog rhag pwerau drwg a chadw'r presenoldeb dwyfol o'i gwmpas. Gwelir yr un symbolaeth mewn gemwaith heddiw; er enghraifft, modrwyau gydag enwau neu arfbais arnynt, gemwaith gyda symbolau personol a thlysau sy'n dynodi diddordeb, cenedl neu aelodaeth o gymdeithas.

O'r traddodiad hwn datblygodd yr arfer o ddefnyddio modrwy fel symbol gan esgobion ac arglwyddi, gyda modrwy arbennig i ddynodi swydd ac i osod sêl ar ddogfennau.

Mae'r arfer o wisgo modrwy aur fel arwydd o gariad neu gyfeillgarwch a ffyddlondeb yn hen iawn, ac weithiau datblygwyd math arbennig o fodrwy at y pwrpas hwn, er enghraifft, modrwyau gyda dwy law yn rhan o'r cynllun, fel modrwyau 'Fede' y Rhufeiniaid, modrwyau 'Gimmal' yr Oesoedd Canol a'r fodrwy 'Claddagh' yn Iwerddon. Weithiau rhoddid ysgrifen ar y fodrwy i ddynodi cariad, a'r geiriau ynghudd y tu mewn i'r fodrwy yn aml. Mae'r arfer hwn hefyd yn dal yn boblogaidd heddiw, er nad yw mor gyffredin ag y bu.

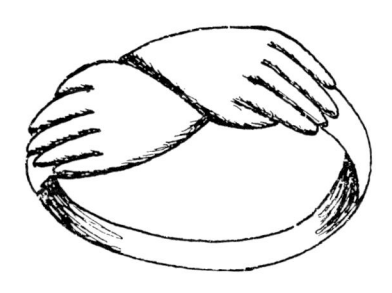

Modrwy 'Fede'. Modrwy o gynllun arbennig, gyda dwy law ynghlwm, a wisgid gan y Rhufeiniaid fel arwydd o gariad a ffyddlondeb rhwng dau, yn debyg i fodrwy ddyweddïo.

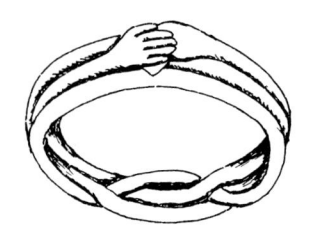

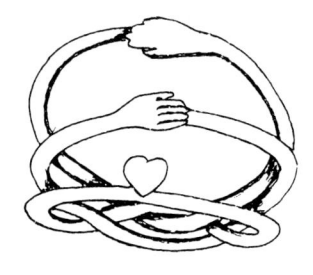

Modrwy 'Gimmal'. Modrwy ganoloesol wedi ei gwneud mewn tair rhan fel bod dwy law yn cwmpasu'r galon pan mae'r rhannau wedi eu cau at ei gilydd.

Modrwy 'Claddagh'. Modrwy o arfordir gorllewinol Iwerddon a ddefnyddid yn wreiddiol gan forwyr fel modrwy ddyweddïo ac sy'n parhau yn boblogaidd iawn heddiw, dwy law o gwmpas calon gyda choron arni.

Hyd y gwyddom, datblygiad cymharol ddiweddar yw defnyddio modrwy fel symbol o berthynas briodasol, a thraddodiad Ewropeaidd ydyw yn bennaf, yn ymwneud llawer â chyfnewid eiddo yn ogystal ag ymrwymiad personol.

Pan oedd priodi yn golygu bod y wraig yn ei rhoi ei hun i'w gŵr a'r gŵr yn perchenogi holl eiddo'r wraig, roedd yn rhaid wrth symbolaeth gref i ategu hynny a datblygwyd seremonïau arbennig yn cynnwys gosod modrwy am fys y fenyw fel symbol o ymrwymiad hyd farwolaeth. Mae'r symbolaeth yma wedi parhau hyd heddiw, ond gyda'r rhywiau yn fwy cyfartal yn y gymdeithas gyfoes bu symud tuag at gyfnewid modrwyau a'r gŵr yn gwisgo un hefyd. Datblygiad pellach yw'r fodrwy ddyweddïo a ddefnyddir fel symbol o gariad ac ymrwymiad ac o gynnig, lle mae'r ferch sy'n derbyn y fodrwy yn dangos ei bod yn derbyn y dyn. Yng Nghymru bu'r llwy serch yn rhagflaenydd i hon, ond bellach ymddengys bod y fodrwy wedi ei disodli'n llwyr er bod y gair 'sboner' yn parhau ar lafar mewn llawer ardal.

Modrwyau aur Cymru gan Rhiannon. Llinellau diddiwedd yn gwau drwy ei gilydd fel arwydd o ymrwymiad tragwyddol.

Aur

Mae aur wedi cael ei ddefnyddio gan ddyn ers dyddiau cynnar gwareiddiad. Mae'n fetel sy'n ymddangos yn bur yn y ddaear mewn rhai mannau, ond hefyd yn tarddu o'r ddaear mewn dirgel ffyrdd, dan ddylanwad tân neu ddŵr, ac yn medru parhau yn y ddaear yn ddigyfnewid; metel sy'n aros yn felyn sgleiniog fel wyneb yr haul. Yr oedd cyfriniaeth yn perthyn iddo, a dynion yn ei chwennych i ddechrau nid am ei 'werth' yn yr ystyr faterol, ariannol ond am resymau cyfriniol, crefyddol. Byddai offeiriaid yr Inca yn ne America a'r Celtiaid yn Ewrop yn y cyfnod cyn-Gristnogol yn gwisgo addurniadau godidog o aur fel symbol o sancteiddrwydd yr haul.

Yn ddiweddarach gwisgai'r derwyddon ym Mhrydain Geltaidd goleri o aur, a phan ddaeth yr Eglwys Geltaidd i'w holynu, gwisgai'r penaethiaid esgobol froetsiau a modrwyau o aur ac arian a oedd yn debyg iawn i'r rhai a wisgid gan y pendefigion paganaidd o'u blaenau.

Yr oedd tynnu aur o'r ddaear yn waith llafurus a dweud y lleiaf, ac wrth i ddosbarth uwch o dirfeddianwyr a dosbarth is o gaethweision ddatblygu, daeth aur fwyfwy yn symbol o gyfoeth a braint. Gwisgid modrwyau a gemwaith godidog o aur fel arwydd o gyfoeth a statws y perchennog. Daeth hefyd yn gyfrwng i fasnachu, a chrewyd arian bath ohono.

Gan fod cryn dipyn o aur yn naear Prydain, gallai'r pendefigion Celtaidd ei ddefnyddio i brynu gwinoedd, perlysiau a chrefftau cain o wledydd eraill, a daethant yn bwerus ymysg eu gelynion a brenhinoedd Ewrop a Rhufain. Yn raddol, trodd y metel cyfrin fu'n symbol o nerthoedd dwyfol i fod yn brif ysgogiad y natur ddrwg sydd mewn dyn. Nid gwerth rhinweddol oedd iddo bellach ond gwerth materol, bydol a osodai frenin yn erbyn brenin, brawd yn erbyn brawd a chenedl yn erbyn cenedl. Cydiai'r awydd amdano fwyfwy yn nychymyg pobl ac fe'i defnyddid fel mesur o werth ariannol drwy'r byd, a hynny weithiau'n arwain at drachwant afresymol a achosai i bobl dalu unrhyw bris amdano heb hidio dim am neb na dim arall.

Felly mae hi o hyd. Mae pentyrrau o aur yn eistedd yn eu hunfan dan warchae yn ein byd ni, ac economi'r byd yn cael ei reoli drwyddynt. Nid yw perchnogion campweithiau'r gofaint aur hyd yn oed yn eu gwisgo bellach i arddangos eu statws cyfoethog – yn hytrach fe'u cedwir dan glo mewn banciau lle na all neb eu gweld, rhag ofn i rywun arall trachwantus eu lladrata, ac y mae aur yn parhau i achosi llawer ffrae deuluol o drais a dwyn.

Er hynny, erys aur yn gyfrwng heb ei ail i'r crefftwr sy'n cynllunio a gwneud tlysau cain ohono. Nid oes yr un metel arall mor hawdd ei drin ac mor hardd wedi ei orffen. Ni chollwyd mo'r gyfriniaeth chwaith – profiad arbennig iawn yw toddi aur pur a'i weld yn dod allan o'r fflamau yn sgleiniog fel newydd.

Aur Cymru

Mae'r syniad o aur sydd wedi dod o ddaear Cymru yn dal i apelio mewn modd emosiynol ac afresymol ramantus – rhai yn ei ddeisyfu am fod teulu brenhinol Prydain yn ei ddefnyddio ac eraill am eu bod o dras Gymreig ac am gadw cysylltiad â daear Cymru. Yn anffodus mae rhai o'r bobl hyn yn barod i dalu unrhyw bris bron am ychydig o Aur Cymru, a thros y blynyddoedd gwelwyd llawer o honiadau twyllodrus a chamarweiniol a llawer yn elwa o ddiniweidrwydd y cyhoedd. Ni fydd Aur Cymru fyth ar gael yn hawdd nac yn ddigonol, ac felly bydd ei bris bob amser yn llawer uwch na phris aur 'cyffredin' o rannau eraill o'r byd, a'r cyfle yn agored bob amser i rywrai elwa o'r syniadau rhamantus sydd gan bobl amdano. Dechreuwyd yr 'heip' ynglŷn ag Aur Cymru yn ôl yn y bedwaredd ganrif ar bymtheg pan oedd mwynfeydd aur ar eu hanterth ac fe barhaodd drwy flynyddoedd cynnar y ganrif hon hyd at heddiw.

Prin hefyd yw'r adegau pan mae'n bosibl olrhain tarddiad dilys i 'aur Cymreig', ac yn aml rhaid dibynnu ar draddodiad llafar teuluol. Gwnaethpwyd llawer o fodrwyau o aur a ddaeth o fwynfeydd Cymru ar ddechrau'r ganrif hon ond ni roddwyd unrhyw farc penodol arnynt i nodi hynny, ac nid oes cofnod bod yr aur o Gymru wedi cael ei gadw ar wahân mewn gwirionedd yn hytrach na'i gymysgu ag aur arall wrth ei buro.

Bu un cyfnod yn ystod y nawdegau pan fwynwyd aur sylweddol ym mwynfeydd Gwynfynydd ger Dolgellau, ac ymsefydlwyd system o asesu a marcio annibynnol, tebyg i'r system *Hallmark*, i nodi gemwaith a wnaethpwyd o'r aur hwnnw. Ar wahân i'r cwmni aur ei hun, dim ond tri o ofaint aur gafodd ganiatâd i brynu a defnyddio'r aur, a'r rhai hynny oll yng Nghymru. Cefais y fraint o fod yn un ohonynt ac o weithio'n agos gyda'r cwmni hwnnw i ddatblygu eu cynnyrch hwy a gwneud darnau comisiwn iddynt, yn ogystal â defnyddio'r aur ar gyfer fy nghynlluniau fy hun. Dyma'r unig adeg yn hanes Aur Cymru pan fu defnydd gweddol helaeth dan reolaeth lem, ac o ganlyniad bydd yn bosib olrhain dilysrwydd yr eitemau a farciwyd yn y dyfodol; byddant yn sicr o gael eu hystyried yn werthfawr ac yn drysorau i'w casglu a'u trosglwyddo o genhedlaeth i genhedlaeth.

Mae apêl Aur Cymru mewn modrwy briodas cyn gryfed ag erioed, yn enwedig i Gymry ac i Americanwyr o dras Gymreig. I'r bobl hyn mae aur o ddaear Cymru yn gwneud y fodrwy'n fwy pwerus debyg iawn, fel arwydd o ymrwymiad ac o berthyn – ond o ystyried hanes diweddar y teulu brenhinol Prydeinig, tybed a yw mor addas bellach fel symbol o ddolen dragwyddol?

Rhiannon S. Evans

Glân Briodas

Tan glwm byddaf ymhen tridiau
Clwm ni ddetyd neb ond angau,
Wedi uno a'm holl gariad,
Wedi cael fy hoff ddymuniad.

Heb amheuaeth, priodi yw un o gamau mawr a mwyaf bythgofiadwy bywyd ac yn naturiol, rhaid ei ddathlu mewn ffordd arbennig. Mae'n achlysur sy'n dynodi newid statws o fewn cymdeithas a phawb yn cydnabod hynny drwy gyfrwng gwahanol arferion a seremonïau. Mae'n ymddangos bod yr arfer o briodi yn hen ffasiwn erbyn heddiw a'r hyn a elwid ers talwm yn 'fyw tali' yn arfer cyffredin ymhlith pobl ifanc. Wrth gwrs, does dim byd yn newydd dan haul, ac yn y gorffennol roedd byw tali yn ddigon derbyniol ar ôl cael priodas coes ysgub. Gofynnid i'r pâr gamu dros goes ysgub gyda'i gilydd ac ar ôl hyn roedd cymdeithas yn derbyn eu bod yn bâr priod er nad oedd sail gyfreithlon i'r uniad. Cred rhai i'r arfer hwn ddod i'r wlad gyda'r sipsiwn, ond ni ellir gwybod i sicrwydd. Dyna sut y bydd paganiaid heddiw yn dathlu priodas o fewn eu cylchoedd cyfrin hefyd. Mae hyn yn ein hatgoffa o'r hanes a geir yn *Y Mabinogi*. Yn chwedl Math fab Mathonwy mae Math yn gofyn i Arianrhod gamu dros ei hudlath er mwyn profi a yw'n wyry ai peidio.

Cam cyntaf trefnu priodas fel arfer oedd i rieni'r pâr ifanc gytuno i'w huniad ac i dad y ferch benderfynu ar faint ei gwaddol. Mewn cymunedau gwledig roedd gwartheg, moch, celfi ar gyfer y tŷ ac arian yn waddol derbyniol. Byddai'r bachgen wedyn yn dod â cheffylau, defaid, gwenith, offer ffermio ac arian fel ei ran yntau o'r cytundeb. Ar ddiwrnod o'r fath byddai llawer yn dod ynghyd i yfed cwrw cartref 'er lles y pâr ifanc'. Yr ail gam, wedi dewis diwrnod y briodas, oedd gofyn i wahoddwr fynd o gwmpas yr ardal i wahodd perthnasau a chyfeillion i'r briodas a'u hatgoffa o haelioni'r ddau deulu i'w teuluoedd hwythau yn y gorffennol. Roedd arferion fel hyn o dalu pwython yn creu cymdeithas glòs a chymdogol; yn wir, dibynnai pobl ar garedigrwydd teulu, cymdogion a chyfeillion i fod yn gefn iddynt drwy eu bywydau, o'r crud i'r bedd.

Roedd yn rhaid i'r gwahoddwr fod yn ŵr o gymeriad arbennig, yn fywiog a llawn hiwmor, yn boblogaidd ac yn dderbyniol gan bawb yn y gymdogaeth. Pe deuai'r priodfab o un plwyf a'r briodferch o blwyf arall cryn bellter i ffwrdd byddai'n rhaid cael dau wahoddwr. Rhyw dair wythnos cyn y briodas fe âi o dŷ i dŷ gan gario ffon wen wedi ei haddurno â rubanau. Byddai ganddo rubanau ar ei het ac ar frest ei gôt hefyd. Wedi cael mynediad i'r tŷ byddai'n taro'i ffon ar y llawr deirgwaith i ofyn am ddistawrwydd ac yna byddai'n dechrau ar ei araith drwy enwi'r ddau oedd i briodi a gwahodd pawb i ddod i'r briodas gan gario rhoddion i'r pâr ifanc. Yna caent fwyd a diod faint a fynnent.

Yn ei lyfr gwerthfawr am lên gwerin canolbarth a gorllewin Cymru, mae J. Ceredig Davies yn dyfynnu o'r *Beirniad*, Gorffennaf 1878. Yno cawn yr hyn sy'n ymdebygu i araith gwahoddwr o sir Gaerfyrddin, araith sydd hefyd yn rhoi syniad inni beth a digwyddai ar ddydd y briodas ei hun:

> At ŵr a gwraig y tŷ, y plant a'r gwasanaethyddion, a phawb a honoch sydd yma yn cysgu ac yn codi. 'Rwy'n genad ac yn wahoddwr dros John Jones o'r Bryntirion, a Mary Davies o Bantyblodau; 'rwy'n eich gwahodd yn hen ac yn ifanc i daith a phriodas y pâr ifanc yna a enwais, y rhai sydd yn priodi dydd Mercher, tair wythnos i'r nesaf, yn Eglwys Llansadwrn. Bydd y gŵr ifanc a'i gwmp'ni yn codi ma's y bore hwnw o dŷ ei dad a'i fam yn Bryntirion, plwyf Llansadwrn; a'r ferch ifanc yn codi ma's y bore hwnw o dŷ ei thad a'i mam sef Pantyblodau, ym mhlwyf Llanwrda. Bydd gwŷr y 'shigouts' yn myned y bore hwnw dros y mab ifanc i mofyn y ferch ifanc; a bydd y mab ifanc a'i gwmp'ni yn cwrdd â'r ferch ifanc a'i chwmp'ni wrth ben Heolgelli, a byddant yno ar draed ac ar geffylau yn myned gyda'r pâr ifanc i gael eu priodi yn Eglwys Llansadwrn. Wedi hyny bydd y gŵr a'r wraig ifanc, a chwmp'ni y bobol ifanc, yn myned gyda'u gilydd i dŷ y gŵr a'r wraig ifanc, sef Llety'r Gofid, plwyf Talyllechau, lle bydd y gŵr ifanc, tad a mam y gŵr ifanc, a Daniel Jones, brawd y gŵr ifanc, Jane Jones, chwaer y gŵr ifanc, yn dymuno am i bob rhoddion a phwython dyledus iddynt hwy gael eu talu y prydnhawn hwnw i law y gŵr ifanc; a bydd y gŵr ifanc a'i dad a'i fam, a'i frawd a'i chwaer, Dafydd Shon William Evan, ewyrth y gŵr ifanc, yn ddiolchgar am bob rhoddion ychwanegol a welwch yn dda eu rhoddi yn ffafr y gŵr ifanc ar y diwrnod hwnw.
>
> Hefyd bydd y wraig ifanc, yn nghyd a'i thad a'i mam, Dafydd a Gwenllian Davies, yn nghyda'i brodyr a'i chwiorydd, y wraig ifanc a Dafydd William Shinkin Dafydd o'r Cwm, tadcu y wraig ifanc, yn galw mewn bob rhoddion a phwython, dyledus iddynt hwy, i gael eu talu y prydnhawn hwnw i law y gŵr a'r wraig ifanc yn Llety'r Gofid. Y mae'r gŵr a'r wraig ifanc a'r hwyaf fo byw, yn addo talu 'nôl i chwithau bob rhoddion a weloch yn dda eu rhoddi i'r tylwyth ifanc, pryd bynag y bo'r galw, tae hyny bore dranoeth, neu rhyw amser arall.

Yna byddai'r gwahoddwr yn canu cân ddoniol ac yn cael bwyd a diod am ei drafferth.

Y diwrnod cyn y briodas byddai'n arferiad cael 'Ystafell', sef cludo dodrefn i gartref y pâr ifanc. Byddai'r ferch yn ymorol am wely plu a dillad gwely, un neu ddwy gist dderw i gadw dillad ac ychydig o fân bethau eraill. Byddai'r priodfab y dod â bwrdd a chadeiriau, ffrâm y gwely a dresel. Ar yr un diwrnod hefyd byddai'r pâr ifanc yn derbyn rhoddion o arian, blawd, menyn, caws, bacwn, ieir ac ambell dro hyd yn oed buwch a mochyn a llawer o bethau defnyddiol ar gyfer cadw tŷ. Gelwid yr arferiad hwn yn 'Pwrs a Gwregys'. Wrth gwrs, benthyciadau fyddai'r rhain a gellid yn gyfreithlon ofyn amdanynt yn ôl pe na bai'r pwython yn cael eu talu'n anrhydeddus fel yr addawyd.

Ar fore'r briodas byddai pawb a fedrai farchogaeth yn gwneud hynny. Âi'r dynion i dŷ'r priodfab i dalu eu pwython a'r gwragedd i dŷ'r briodferch i wneud yr un fath. Wedi i'r dynion dderbyn bwyd a diod yn nhŷ'r priodfab byddent yn marchogaeth i dŷ'r briodferch gan fynnu iddi ddod allan fel y gallai'r priodfab ei chario i'r eglwys ar gefn ei geffyl. Fel arfer gwrthodai'r ferch ymddangos a byddai'r drysau wedi eu cloi. Ar ôl llawer o ddadlau ar bennill a rhigwm byddai'r dynion yn cael mynediad i'r tŷ ond hyd yn oed wedyn nid hawdd oedd darganfod y briodferch gan fod y lle yn llawn o ferched a gwragedd o bob oed. Ambell dro

Priodas Gymreig yn y bedwaredd ganrif ar bymtheg a'r pâr priod yn cael eu herlid gan ffrindiau a theulu

byddai'r briodferch yn cymryd arni fod yn hen wraig ond yn y diwedd, wedi llawer o hwyl a miri, deuai ei chariad o hyd iddi. Wedi cael rhywbeth i'w fwyta a'i yfed cychwynnai'r fintai tua'r eglwys. Hyd yn oed wedyn doedd y briodferch ddim yn ddiogel. Ceir hanes am ambell hen gariad yn ei chipio a'i chario ymaith cyn cyrraedd yr eglwys a'r priodfab druan yn gorfod ymladd yn galed i'w chael hi'n ôl. Dro arall rhai o'i pherthnasau hi ei hun a wnâi hynny. Doedd ryfedd fod y 'Priodasau Ceffylau' hyn yn enwog a llawer o ymwelwyr â Chymru wedi sylwi ar y *Wild Welsh Weddings.*

Yn aml ar y ffordd i'r eglwys, byddai'r orymdaith yn cael ei rhwystro gan raffau ar draws y ffordd a rhaid oedd i'r priodfab dalu am gael mynd heibio. Mae'r hen arferiad yma o 'godi chwinten' yn gyffredin o hyd yn ardaloedd gwledig Cymru.

Wedi'r gwasanaeth priodasol fe âi'r fintai i gartref y pâr ifanc ar gyfer y neithior – gwledd fyddai'n parhau tan oriau mân y bore, cyfle i fwyta ac yfed ac i bobl ifanc ddi-briod gyfarfod ei gilydd.

Mae angen cymaint o lwc â phosib ar bâr ifanc wrth ddechrau bywyd priodasol gyda'i gilydd. Roedd yn arferiad cyffredin, tan yn gymharol ddiweddar, i danio gynnau ar ddydd y briodas er mwyn dychryn yr holl ysbrydion aflan a allai ddod ag anlwc iddynt. Yng Ngheredigion yn y chwedegau roedd yn arferiad i'r trên chwibanu wrth fynd heibio i dŷ y briodferch ar fore'r briodas. Mae'n debyg mai'r un diben oedd i hyn â saethu gynnau yn wreiddiol, ond bod y rheswm y tu ôl i'r arferiad wedi ei golli. Daeth diwedd ar yr arferiad yma pan gaewyd rheilffyrdd cefn gwlad.

Credid bod priodi yn ystod rhai adegau o'r flwyddyn yn fwy lwcus nag eraill. Nid oedd mis Mai yn fis ffafriol, yn wir, daw ag anlwc i lawer o bethau. Nid oedd priodi ar dymor prysur ar y fferm yn ddoeth chwaith; roedd priodasau'r gaeaf yn llawer gwell yn yr hen ddyddiau. Yr adeg honno roedd gan bawb fwy o amser i fwynhau gwledda'r neithior. Roedd rhai dyddiau yn fwy ffodus na'i gilydd hefyd. Ar ddydd Sadwrn y bydd y rhan fwyaf o barau yn priodi heddiw, ond dydd Mercher oedd yr hen ffefryn ers talwm. O briodi ar ddydd Llun deuai cyfoeth i'r pâr ifanc, iechyd o briodi ar ddydd Mawrth, colledion o briodi ar ddydd Iau a chroesau o briodi ar ddydd Gwener. Ni ddeuai unrhyw lwc i'r sawl a briodai ar ddydd Sadwrn.

Roedd tywydd dydd y briodas yn arwyddocaol hefyd. Mae'r gred fod y briodferch yn lwcus os yw'r haul yn gwenu arni yn un gyffredin i lawer o wledydd. Mae eira ar ddydd y briodas yn lwcus hefyd ond arwydd fod dagrau i ddod yw glaw, a storm o fellt a tharanau yn ystod y gwasanaeth yn dynodi y bydd y pâr yn ddi-blant. Cred rhai fod y tywydd ar ddydd y briodas yn gallu darogan hynt y briodas – bore teg yn arwydd o ddechrau da, prynhawn cymylog fod problemau ar y gorwel, a glaw gyda'r nos yn arwydd o gweryl a thor-priodas.

Peth anffodus iawn yw i briodferch faglu wrth gerdded at yr allor ac anlwcus hefyd yw i'r fodrwy syrthio wrth gael ei throsglwyddo o'r naill i'r llall. Gwisgir y fodrwy briodas ar bedwerydd bys y llaw chwith am fod hen gred fod gwythïen yn mynd yn union o'r bys hwnnw i'r galon. Wrth gwrs, nid oedd gan bawb y modd i brynu modrwy briodas. Yn eglwys Llangwnnadl, Llŷn, sydd ag olion hynod o'r ail ganrif ar bymtheg ynddi, gwelir hen agoriad yr eglwys sydd â hanes difyr iawn yn perthyn iddo. Mewn gwasanaethau priodas lle byddai'r priodfab neu'r gwas – boed unai am ei fod yn rhy dlawd neu'n rhy anghofus – heb fodrwy i roi am fys y briodferch, defnyddid yr agoriad yn lle modrwy briodas i selio'r uniad rhwng y ddau.

Hyd heddiw mae'n lwcus i ferch gyfarfod â dyn glanhau simdde ar ddydd ei phriodas. Bydd dyn â chroen tywyll yn arwydd da hefyd, a chysylltiad y simdde a'r aelwyd, calon y cartref, yn dangos y bydd cartref y pâr yn lle hapus. Heddiw mae'n anlwcus iawn i briodfab weld y briodferch cyn iddi gerdded at yr allor rhag ofn i un o'r ddau newid eu meddwl ac i'r briodas beidio â digwydd wedi'r cwbl. Heddiw, er mwyn sicrhau y bydd pob hapusrwydd yn dod i'r ddau sy'n priodi, rhoddir anrhegion sy'n arwydd o lwc dda iddynt. Yr un mwyaf cyffredin yw'r bedol sy'n debyg o ran ei ffurf i'r lleuad newydd, a'r lleuad yn symbol o Rhiannon, yr agwedd wyryfol ar y Fam Dduwies. Mae'r bedol felly yn arwydd o burdeb a ffrwythlondeb. Bydd taflu conffeti neu reis dros y pâr ifanc hefyd yn ffordd o ddymuno hapusrwydd, ffyddlondeb a ffrwythlondeb iddynt. Arferiad arall sy'n dal mewn grym yw clymu esgidiau a thuniau y tu ôl i'r car wrth i'r pâr ifanc gychwyn ar eu mis mêl. Mae'r esgid eto yn arwydd o ffrwythlondeb a lwc dda, a sŵn y tuniau gwag yn help i ddychryn ymaith yr ysbrydion drwg.

Yn y gorffennol ni fyddai'n arferiad i brynu dillad arbennig ar gyfer y briodas yn unig, fel y byddwn ni yn ei wneud heddiw. Ers talwm gwario ychydig yn fwy nag arfer ar ddilledyn a wnâi'r briodferch, a hwnnw wedyn yn cael ei wisgo ganddi am lawer blwyddyn. Roedd arwyddocâd arbennig i liw'r dilledyn hefyd ac mae rhai coelion yn dal i fod o ddiddordeb o hyd. Gwyn, wrth gwrs, yw'r ffefryn o hyd a hwnnw'n arwydd o wyryfdod. Mae lliwiau perl, hufen a glas golau hefyd yn dderbyniol. Ni fyddai lwc yn dod o briodi mewn du, coch, gwyrdd, melyn, brown na phinc. Ambell dro bydd ruban glas yn cael ei wnïo oddi mewn i'r dilledyn er mwyn dod â lwc. Hefyd bydd rhywbeth hen neu wedi ei fenthyg yn lwcus yn ogystal. Yn sicr ni ddylai'r un briodferch

*Agoriad Eglwys Llangwnnadl a ddefnyddid mewn priodasau
pan nad oedd modrwy ar gael*

wisgo penwisg merch arall ac edrych arni hi ei hun yn y drych cyn priodi.
Os gwnaiff ni fydd priodas rhyngddi a'r un mae'n ei garu.

Mae blodau yn bwysig ym mhob priodas. Ers talwm roedd blodau gwyn persawrus a dail gwyrdd tywyll y myrtwydd yn cael eu hystyried yn hynod lwcus. Byddai'n arferiad i'r forwyn briodas wthio sbrigyn o'r myrtwydd o'r tusw priodasol i'r pridd ger drws ei chartref. Pe tyfai'r llwyn yna roedd hyn yn arwydd y byddai hithau'n briodferch cyn hir. Dyna pam y gwelir llwyni myrtwydd yn tyfu ger ambell hen fwthyn o hyd. Gan fod coeden oren yn blodeuo a dwyn ffrwyth yr un pryd, mae'n arwydd o ffrwythlondeb, ac yn flodau addas ar gyfer priodas. Mae rhosod gwyn a lilis yn arwydd o burdeb a ffyddlondeb. Arferiad mewn rhai ardaloedd yw i dusw'r briodferch gael ei daflu, a bydd y ferch sy'n ei ddal yn debygol o fod y nesaf i briodi. Mae'n arferiad i osod tusw ar fedd aelodau o'r teulu hefyd a hynny'n arwydd fod angen i'r meirw gael eu cofio a'u cynnwys yn y dathliadau.

Rhaid i'r pâr priod dorri eu cacen briodas gyda'i gilydd fel arwydd y byddant yn rhannu popeth o hyn ymlaen. I sicrhau ffyddlondeb ei gŵr bydd y ferch yn cadw darn o'i chacen briodas. Os rhoddir darn o'r gacen i un o'r morynion priodas, bydd yn siŵr o freuddwydio am ei darpar ŵr pe bai'n rhoi'r darn o dan ei chlustog yn y nos. Mae ambell bâr priod yn cadw darn o'u cacen briodas i'w fwyta ar achlysur bedyddio eu plentyn cyntaf. Wrth gyrraedd ei chartref dylai'r briodferch gael ei chario dros y rhiniog. Mae'r traddodiad yma yn mynd yn ôl i'r adeg pan oedd merched yn cael eu cipio a'u gorfodi i briodi'r sawl oedd wedi eu dwyn. Y gŵr ddylai gloi drws y tŷ neu'r ystafell wely noson y briodas. Os na wnaiff bydd y ddau yn siŵr o gweryla yn ystod y nos. Un ofergoel arall y mae rhai pobl yn creu ynddi yw mai'r cyntaf i gysgu ar noson y briodas fydd y cyntaf o'r ddau i farw.

Wrth i'r blynyddoedd fynd yn eu blaen bydd dathlu pen-blwydd priodas yn dod yn rhan o galendr y teulu. Mae i bob pen-blwydd ei arwyddocâd a dylid rhoi anrhegion sy'n cyfateb i arwyddocâd y flwyddyn honno os am briodas hir a hapus:

Pen-blwydd Priodas:	Anrheg:
cyntaf	papur
ail	cotwm
trydydd	lledr
pedwerydd	sidan
pumed	pren
chweched	haearn
seithfed	gwlân
wythfed	efydd
nawfed	crochenwaith
degfed	tun
pymthegfed	grisial
ugeinfed	tsieni
pumed ar hugain	arian
degfed ar hugain	perl neu ifori
pymthegfed ar hugain	cwrel
deugeinfed	rhuddem
pumed a deugain	saffir
hanner canfed	aur
hanner canfed a phump	emrallt
trigeinfed	deiamwnt

Er i arferion priodi newid dros y canrifoedd mae llawer o lên gwerin a choelion diddorol yn gysylltiedig â'r achlysur arbennig yma o hyd. Mewn ardaloedd gwledig mae cryn rialtwch y noson cyn y briodas a hyn yn ein hatgoffa o'r hen ddull Cymreig o briodi. Bydd criw yn gorfod aros ar eu traed i warchod cartref y priodfab a chriw arall, 'y criw gwneud drygau', yn ceisio dod yno i greu helynt. Os bydd cyfaill i'r priodfab yn gwarchod ei eiddo, disgwylir i'r priodfab, yn ei dro, dalu'r pwyth yn ôl a 'gardio' eiddo ei ffrind pan fydd hwnnw'n priodi. Bydd y criw sy'n gwarchod cartref y priodfab yn gwneud yn siŵr fod popeth dan glo a bod twb o ddŵr yn aros unrhyw un gaiff ei ddal. Toc wedi hanner nos gwelir 'y criw gwneud drygau' yn dod yn nes gan dorri coed a'u gosod ar draws ffyrdd, codi wal gerrig i lanw adwy, cloi gatiau a gollwng gwynt o deiars pob cerbyd o fewn cyrraedd. Gwae y sawl a gaiff ei ddal oherwydd bydd yn gorfod egluro'i gampau o flaen ei gyd-wahoddedigion yn y brecwast priodas drannoeth. Rhyw ffarwél i ddyddiau anghyfrifol mebyd yw hyn i gyd mae'n siŵr, cyn setlo i lawr i fywyd teuluol gwaraidd a chysurus.

Mae llai o briodasau a mwy o fyw tali nawr nag yn y dyddiau a fu yn ôl yr ystadegwyr, ond go brin y diflanna'r ddefod bwysig hon o'r tir. Mae gormod o ramant yn perthyn iddi a bodau rhamantus ydym i gyd yn y bôn. Mae'n bwysig cofio'r hen goelion heddiw fel yn yr oes o'r blaen. Yn wir, mae angen mwy o lwc ar barau priod heddiw nag erioed os ydynt am fyw gyda'i gilydd yn hapus mewn glân briodas!

Eirlys Gruffydd

Y Wedd Gymdeithasol o Garu

Bu fframwaith cymunedau gwledig Cymru yn y bedwaredd ganrif ar bymtheg a'u natur blwyfol fewnblyg yn fodd o sefydlogi arferion caru a phriodi yn y gymdeithas. Gan fod cyd-ddibyniaeth yn nodweddiadol o'r cymunedau sicrhawyd parhad yr arferion. Gwarth enbyd i fechgyn a merched yn enwedig oedd bod yn ddibriod, ac o'u plentyndod fe'u meithrinwyd i baratoi ar gyfer y dasg holl bwysig o ddewis cymar.

Cyn dewis cariad, rhaid oedd manteisio ar bob cyfle i gyfarfod, ac fe ddefnyddid pob achlysur cymdeithasol gan fab a merch i lygadu ei gilydd a threfnu oed. Y mannau mwyaf poblogaidd i gyfarfod oedd y ffeiriau, adeg dathliadau gwyliau penodedig y flwyddyn – er enghraifft y Nadolig a'r Flwyddyn Newydd, Gŵyl Fai a'r cynhaeaf, ac mewn cyfarfodydd cymorth a phriodasau. Wedi i gymdeithas y capeli ddatblygu'n ganolfannau gweithgareddau cymdeithasol yn ail hanner y bedwaredd ganrif ar bymtheg, sicrhawyd achlysuron eraill i fab a merch gyfarfod â'i gilydd.

Er hynny, nid gwaith hawdd oedd cyfarfod oherwydd byddai llygad barcud rhieni a disgwyliadau cymdeithas yn ffrwyn i unrhyw ddyheadau anweddus. Uwchlaw popeth rhaid oedd parchu confensiwn. Arweiniai sefyllfaoedd felly at gynlluniau i osgoi gwg y genhedlaeth hŷn, ac mae'n siŵr eu bod yn miniogi dyheadau carwriaethol y pâr ifanc. Llwyddwyd i gyfarfod yn ddirgel, diolch i gymorth cyfeillion.

Wrth ganolbwyntio ar y wedd gymdeithasol o garu rhaid cofio bod bywyd gweision a morynion fferm yn gaeth i ofynion y fferm. Nid yw'n syndod felly fod y bobl ifanc yn edrych ymlaen at seibiant dros y Sul ac ar ddyddiau gŵyl er mwyn cymdeithasu â'u cyfoedion. Ond fe fyddai goruchwyliaeth y feistres yn y ffermdy a'r cartref yn rhwystr amlwg i ryddid morwyn fach. Felly rhaid oedd aros tan achlysuron arbennig megis ffeiriau, cyngherddau, eisteddfodau a chymanfaoedd canu i'r rheolau lacio ychydig pan gâi'r ieuenctid eu cyfle i gymdeithasu'n agored.

Caru yn y Ffair

Yn fore ar ddiwrnod ffair byddai'r gweision fferm yn ceisio trefnu gwaith ar gyfer y tymor nesaf a byddai'r fargen yn cael ei tharo ag ern, sef tâl o swllt. Yn aml, defnyddiai'r gweision yr arian i brynu ffeirin, sef anrheg i'w cariadon. Gallai ffeirin fod yn afal, cacen, hances neu gnau. Er hynny, câi'r meibion eu siomi weithiau wrth i'r ferch roi ei sylw i rywun arall a chasglu ffeirin ychwanegol.

Wrth grwydro o gwmpas y stondinau ffurfiai'r bechgyn yn grwpiau gan amgylchynu'r merched a chreu rhialtwch a thynnu coes. Byddai'r merched hefyd yn denu a phryfocio'r bechgyn tra digwyddai hyn. Yn y Bala, gelwid ymddygiad beiddgar y bechgyn yn 'ysgwaro pen ffair'. Byddent yn tynnu'r merched a gafael ynddynt gan chwerthin yn afreolus. Y cam nesaf oedd i'r parau ifanc fynd i'r dafarn i 'yfed ati'.

Weithiau dirywiai'r cyfeddach swnllyd yn ymladd gwyllt. Condemniwyd yr arferion hyn yn chwyrn mewn cylchgronau crefyddol megis *Seren Gomer* a dangos yn glir y gwg a ddenai'r arferion hyn o du'r crefyddwyr.

Hala i Moyn

Ar wahân i'r caru mewn grwpiau roedd cyfle i garu'n unigol yn y ffeiriau, ond er bod mab yn dymuno cychwyn perthynas â merch a hithau gerllaw, ni allai ef ei hun gymryd y cam cyntaf heb sicrhau cymorth ffrind i 'hala i'w moyn'. Byddai'r llatai, neu'r negesydd serch, yn mynd ar ei ran at y ferch i'w hannog i dderbyn y cynnig. Roedd rôl y cyfryngwr a weithredai i hybu'r berthynas rhwng y cariadon yn rhan bwysig yn yr arferion caru traddodiadol. Pe bai'r ferch yn cytuno i gais y negesydd a rhoi ei sylw i'r llanc byddai'r pâr yn mynd gyda'i gilydd. Gwelid y bobl ifanc yn ymdoddi'n gyplau ar wahân yn y ffeiriau.

Mofyn a Thynnu

Er bod y ferch yn dangos diddordeb yn y bachgen, câi gyfle i fynd i sawl cyfeiriad arall, yn enwedig os oedd hi'n ferch ddeniadol. Yr oedd 'mofyn a thynnu' yn rhan o hwyl y ffeiriau yn siroedd Aberteifi a Chaerfyrddin. Yn aml dyma'r tro cyntaf i bâr ifanc ymddangos gyda'i gilydd yn gyhoeddus ac fe allai'r sefyllfa arwain at ddadlau ac ymladd, fel a ddigwyddodd yn ffair Llandysul: ' . . . bydde'r crytied yn pwnio i gily'n go arw'.

Ceir naws ac awyrgylch y ffair yn Aberteifi yn y gerdd 'Nos y Ffair' a gyhoeddwyd yn y *Cardigan and Tivy-Side Advertiser* (Tachwedd 28, 1913):

> Llancesau llawen Llechryd
> Nos y Ffair
> Ac Aberteifi hefyd
> A welwn ger bob stondin
> Yn siarad ac yn chwerthin,
> A bacho am y bechgyn
> Nos y Ffair,
> A phoeni pawb am ffeiryn
> Nos y Ffair.

Gallai'r ferch fynd o un cariad i'r llall a mwynhau cael ei thynnu i bob cyfeiriad. Treuliai'r pâr weddill yr amser yn y tafarndai yn yfed cwrw gan ddwyn beirniadaeth lem y crefyddwyr a'r mudiad dirwest. Ni chyfyngid y tynnu i'r ffeiriau – fe ddigwyddai mewn neithiorau hefyd ymysg y bobl ifanc.

Cymdeithasu a Dathlu

Cynhelid nosweithiau pluo a nosweithiau gwneud cyfleth hefyd. Yna ar ddiwedd y flwyddyn deuai'r Nadolig a'i ddathliadau i ychwanegu at yr hwyl. Pwyslais cymdeithasol oedd i'r caru a phob achlysur yng nghalendr y flwyddyn o Ddydd Calan i Galan Mai, y Gwyliau Mabsaint a'r cynhaeaf gwair, yn bwysig i'r ifanc ac i'r gymuned gyfan.

Mynnai'r ieuenctid achub ar bob cyfle i garu a chymdeithasu. Byddai'r nosweithiau llawen a'r cyfarfodydd cymorth yn boblogaidd iawn. Trefnid nosweithiau gwau i gynorthwyo'r tlawd ar gyfer y merched a byddai'r dynion yn ymuno â nhw ar ddiwedd y noson. Yr oedd dwy swyddogaeth i'r cyfarfodydd cymorth, sef ' . . . *communal help and a marriage agency*' (D.W. Harries, *Country Quest*, Mehefin 1974).

Crefydd a Chymdeithasu

Condemniwyd y ffeiriau a dathliadau Gŵyl Fai a Gwyliau Mabsaint gan grefyddwyr y cyfnod. Er hynny, bu gwasanaethau niferus y Sul a chyfarfodydd wythnosol y capeli – y cyfarfodydd gweddi, y seiadau a'r *Band of Hope* er enghraifft – yn fodd i ddenu'r ieuenctid at ei gilydd. Yna caent gyfle i gymdeithasu'n gyson. Ar ôl y gwasanaeth nos Sul byddai ieuenctid pob enwad yn cyfarfod mewn grwpiau ar y strydoedd. Byddai'r merched yn cychwyn drwy gerdded ar un ochr y stryd a'r bechgyn ar yr ochr arall, gan greu gorymdaith am filltir neu ddwy. Gelwid hyn yn *monkey parade* ym Mhontarddulais ac yn *bunny run* yn Nhreforys, Abertawe. Ar ddiwedd yr orymdaith ymrannai'r grwpiau yn gyplau. Wrth i'r capeli lacio eu gafael ar adloniant ffurfiol i'r ifanc yn ystod ail hanner yr ugeinfed ganrif, daeth yr eisteddfodau a'r twmpathau dawns i'r adwy fel achlysuron i hybu'r caru cymdeithasol.

Ffocso

Yr oedd ffocso yn arfer poblogaidd ymysg gweithwyr fferm yn ystod dyddiau olaf y cynhaeaf gwair:

> . . . *while sitting at ease after tea, which was taken in the hayfield, a man might tussle with a maid in full view of the others present, throw her on the hay and kiss her. This happened to the accompaniment of the bantering of the other harvesters.* (David Jenkins, *The Agricultural*

Community in South West Wales at the Turn of the Twentierh Century, 1971.)

Yr oedd yr holl awyrgylch yn llawn hwyl a sbri. Yn Llandysul, gelwid yr arferiad yn 'twmlo yn y gwair' ac o'r amrywiaeth o dermau a nodir gan Catrin Stevens yn ei llyfr *Welsh Courting Customs,* gwelir bod hwn yn arfer poblogaidd ar hyd de Cymru. Ni chyfyngwyd yr arfer o ffocso i ferched yn unig. Câi ambell ddyn driniaeth debyg. Aeth un achlysur yn achos llys yng Nghaerfyrddin yn 1846, ond profodd yr arfer yn gryfach ei afael na deddf gwlad. Parhaodd tan yr ugeinfed ganrif a'r gwas mawr a arweiniai'r ffocso gan ddewis morwyn ifanc i'w thaflu i'r gwair. (Fe awgrymodd T. Llew Jones fod cysylltiad rhwng yr arfer â hen ddefod ffrwythlondeb.)

Gwyliau Arbennig

Ceir nifer o enghreifftiau o garu cymdeithasol adeg Gŵyl Fai pan gyfarfyddai'r ieuenctid o gwmpas y Fedwen Fai. Dyma'r cyfnod pryd y byddai deffroad yn y ddaear ac yn emosiynau'r bobl ifanc ac fe adlewyrchid y teimladau hyn yn y carolau Mai a genid. Ym mis Awst ceid mwy o gyfle i gymdeithasu a chael hwyl adeg y Gwyliau Mabsaint. Deuai'r ieuenctid o bell ac agos i gymdeithasu a dathlu. Yno byddai pawb yn dawnsio i gerddoriaeth y delyn a chael chyfle i fwynhau cwmni y naill a'r llall, a charu. Yn wir, fe'u hanogwyd i garu ar achlysuron fel hyn. Ar ddiwedd mis Awst roedd hi'n amser cynaeafu'r gwair ac roedd hyn yn gyfle i gyd-weithio ar y ffermydd ac i'r morynion a'r gweision gyfarfod â'i gilydd.

Mynd i Gnoco

Fel gyda'r garwriaeth yng nghyd-destun y ffair, yr oedd nifer o arferion a defodau yn ymwneud â'r canlyn mwy preifat rhwng dau. Wedi holl arbrofi y caru cymdeithasol a'r llanc bellach wedi dewis ei gariad, fe drefnid oed neu bwynt i gyfarfod. Unwaith eto, y prif anhawster oedd rhyddid i gyfarfod yn breifat, ond ceisiai'r mab ymweld â'r ferch yn ei chartref neu'r fferm lle gweithiai. Gelwid hyn yn 'mynd i gnoco' neu 'i gnocio' ac yn Nyffryn Teifi dywedid bod y carwr 'ar y criws'. Yn aml, âi'r gwŷr ifanc gyda chwmni neu mewn grwpiau ar deithiau caru, a gelwid hwy yn 'wŷr caru'. Weithiau byddai mab fferm a gwas yn cyd-deithio i garu. Yn yr erthygl 'Caru yn y Nos, Glannau Teifi' (*Cymru,* cyfrol 4, 1893) ceir hanes criw o fechgyn Glannau Teifi yn trefnu nosweithiau caru ond cafodd un ohonynt gryn fraw o weld toili, sef rhith-anglađd.

Wynebai eraill anturiaethau a siomedigaethau wrth fynd i gnocio, megis Twm Rhos Mawn, y gwas fferm y ceir ei hanes gan awdur anhysbys yn *Cymru* (cyfrol 9, 1895, tud. 76). Tra'n ceisio tynnu sylw'r ferch taflodd gerrig mân drwy gamgymeriad at ffenestr y gŵr a'r wraig:

> . . . a thywalltodd y gŵr arnom yr ymadroddion mwyaf huawdl . . . yn cynnwys bygythion . . . gan orffen . . . trwy weiddi, 'Pero, Pero . . . tendia 'nhw was'. Ond gwyddem yn eithaf na wnâi Pero ddim ond cyfarth.

Byddai cymorth gwas caru yn amhrisiadwy i'r carwr a'i swyddogaeth oedd symud pob rhwystr ar lwybr y garwriaeth :

> Yn ardal Llangain yr oedd arferiad gan y bechgyn fyned â 'gwas caru' gyda nhw – crwt ifanc, y gwas bach mwy na thebyg . . . Dyletswydd Ifan oedd dal yr ysgol yn dyn a chadw llygad mas am y Mishtir. (Glan Richard, 'Helyntion Caru', *Llafar Gwlad*, rhif 6, 1984-85.)

Nid oedd yn dderbyniol gan y gymuned i'r meibion na'r merched chwilio am gariad tu allan i'r plwyf gan y byddai hyn yn torri ar deyrngarwch i draddodiadau'r ardal. Ond fe fyddai rhai yn derbyn y dylid mynd :

> dipyn o bellter cyn cnocio yn unman, oherwydd nid oedd yn bolisi da i ni guro yn rhy agos gartref. (*Cymru,* cyfrol 9, 1895, tud. 76.)

Yn ôl y diweddar W.R. Jones, Aberteifi yn ei ateb i Holiadau Amgueddfa Werin Cymru 1937, fe allai pethau droi'n chwerw a dau garwr yn ymladd am un ferch:

> . . . os byddai dau fachgen am gael yr un ferch – byddai'n rhaid Os oedd gweinidog neu feddyg, curad neu gyfreithwr yn caru â merch i fferm, caled oedd y gystadleuaeth – y bechgyn cyffredin yn cael eu gwthio o'r neilltu. Y statws yn cyfrif . . . Gwarth fyddai i ferch fferm briodi gwas.

Yn ôl y diweddar W.R. Jones, Aberteifi yn ei ateb i Holiadau Amgueddfa Werin Cymru 1937, fe allai pethau droi'n chwerw a dau garwr yn ymladd am un ferch:

> . . . os byddai 2 fachgen am gael yr un ferch – byddai'n rhaid ymladd amdani.
>
> Yr ornest ddiwethaf o'r fath Medi 10, 1814 yn Danwaren, Llandyfriog –
>
> Yr aberthwr oedd Thomas Heslop, a'r enillydd John Beynon.

Pe câi'r carwr ei wrthod dywedid yng Ngheredigion ac yng ngogledd Cymru ei fod wedi 'cael cawell'. Mae Catrin Stevens yn dyfynnu un o'r hen benillion sy'n egluro'r ymadrodd:

> Cawell neithiwr, cawell echnos
> Cawell heno'n bur ddiachos.
> Os caf gawell nos yfory,
> Rhoddaf ffarwel fyth i garu.

Gallai'r gwahanu fod yn llawn dicter hefyd yn ôl adroddiad ym *Maner ac Amserau Cymru* yn 1869. Nid oedd mab o sir Aberteifi yn fodlon bod ei hen gariad wedi priodi â rhywun arall ac yn ei lid lluniodd fil a'i anfon at y gŵr priod. Rhestrodd yn fanwl ei golled ariannol wrth garu.

Er yr holl gyfrwystra a'r siomi cafwyd llawer o hwyl cymdeithasol wrth chwilio am gymar. Uchafbwynt y garwriaeth oedd cael oed breifat, a charu yn y tŷ fyddai'r nod yn y pendraw. Wrth i'r deuddyn lwyddo i ddod at ei gilydd nid oedd confensiwn cymdeithasol bellach yn rhwystr i'r pâr ifanc. Pan fyddai'r mab a'r ferch yn penderfynu priodi deuai'r teulu a'r gymdeithas eto i'r amlwg i'w cynnal a'u harwain drwy un o'r digwyddiadau mwyaf tyngedfennol yn eu hanes a sicrhau nad oedd anawsterau economaidd ar eu llwybr wrth 'ddechrau bywyd'. Ond daeth tro ar fyd. Gyda dyfodiad y ddau ryfel byd daeth newid enfawr i gymdeithas ac yn sgîl hyn daeth mwy o ryddid i'r ifanc ddilyn eu ffansi. Llaciwyd gwead cymdeithas a diflannodd llawer o'r hen arferion. Nid oedd bellach yn ofynnol i'r ifanc aros tan y gwyliau blynyddol a'r gweithgareddau cymdeithasol i gael cyfle i ddewis cariad a mynegi eu teimladau yn ddilyffethair.

Gareth Humphreys

Rhamanta

Cywreinrwydd cynhenid ynteu'r angen i herio'r anwybod? Nodwedd amlwg o gyfansoddiad y ddynolryw ar draws y byd i gyd ac ar hyd y canrifoedd yw'r angen, trwy amryfal ffyrdd a chyfryngau, i geisio darogan tynged yn y byd hwn a'r byd i ddod. Gyda gwybodaeth o'r fath gellir cynllunio'n hyderus i'r dyfodol a thrwy ddirnad patrwm y dyfodol caiff pawb rwydd hynt i fanteisio ar bob cyfle a throi pob nant i'w felin ei hun.

Bu caru a phriodi yn destunau poblogaidd yn y cyd-destun hwn a cheir cronfa helaeth o arferion a choelion yn ein diwylliant gwerin sy'n cynnig canllawiau i unigolion fynd ati i chwilio eu tynged. Rhamanta yw'r enw ar yr arfer, sef sut i fynd ati i sicrhau cariad, ac o'i ennill, ei gadw! Mae rhamanta yn amlwg ymysg y defodau carwriaethol sy'n perthyn i'n harferion troeon bywyd. Conglfeini yr arferion hyn yw arferion geni, caru a phriodi, a marw ac o gwmpas y rhain i gyd fe dyfodd pob math o goelion a dulliau proffwydo i geisio rhagfynegi tynged yr unigolyn. Arferion rhagarweiniol, a doniol weithiau, i ddefodau canlyn a charu yw rhamanta, ac fe berthyn i bobl ifanc ac i'r rhai hynny sy'n byw mewn gobaith ac sy'n graddol ddod yn ymwybodol bod hyn i gyd yn hynod bwysig ac yn rhyw fath o antur mawr yn eu bywydau. Nid ar chwarae bach mae sicrhau cymar oes! Yn sicr, mae'r pwysigrwydd cymdeithasol ac economaidd a osodir ar briodi a chael teulu wedi lleihau erbyn heddiw, er gwell neu er gwaeth, a chaiff hen lanciau a hen ferched rwydd hynt i fyw bywydau llawn a di-sôn-amdanynt. Ond nid felly yn yr hen ddyddiau, yn enwedig yn ein cymunedau gwledig a thraddodiadol. Roedd sicrhau cymar yn holl bwysig – rhoddid pwysau cymdeithasol a theuluol ar unigolyn i greu uned economaidd lewyrchus ar ffurf y teulu a darparu etifeddion i gynnal llewyrch y gymuned i'r dyfodol. Yn ôl y drefn naturiol, roedd byw yn ddi-briod yn cael ei ystyried yn gyflwr annaturiol yn y gymdeithas fach a cheir enghreifftiau o chwyn a danadl poethion yn cael eu plannu ar feddrodau yr ymadawedig di-briod i gydnabod nad oeddynt wedi cyflawni eu dyled i'w cymdeithas. Mae'r arferion hyn, fel yr arferion gwerin i gyd, yn ffafrio parhad traddodiad ac mae'r bywyd traddodiadol yn gosod canllawiau pendant ar sut i ymddwyn ac yn cosbi'n llym pan fo unrhyw un yn gwyro oddi ar y llwybr. Yn hyn o beth roedd rhamanta yn aml yn fater personol iawn ac yn digwydd yn y dirgel.

I raddau, mae rhamanta yn adlewyrchu ffydd yr hen bobl mewn grymoedd goruwchnaturiol a chredid bod y rheiny ar eu cryfaf ar y tair ysprydnos – Nos Galan Mai (Ebrill 30), Nos Gŵyl Ifan (Mehefin 23) a Nos

Galan Gaeaf (Hydref 31). Tarddiad cred o'r fath oedd y dyb, mae'n debyg, fod eneidiau crwydredig y diweddar ymadawedig yn cael mynediad i dir y meirw ar yr adegau hyn. Wrth gynnal rhyw ddefodau neu hen arferion tymhorol credid bod modd ffrwyno y grymoedd hyn a'u defnyddio fel cyfrwng i ddadlennu tynged unigolion. I ni heddiw mae rhai o arferion y gorffennol yn ddoniol ac amherthnasol, ac yn wir, mae digon o dystiolaeth i brofi mai gyda'u tafod yn eu boch y cyflawnai nifer o'r hen bobl yr arferion hyn yn ogystal. Cyflawni gofynion traddodiad a chael hwyl wrth wneud hynny oedd y bwriad gan amlaf a gwych os oedd hyn hefyd yn rhoi rhyw gyfeiriad i'r bywyd carwriaethol. Fel heddiw, pwy a ŵyr pa mor ddifrifol yr ystyriai unigolion yr holl ofergoelion – mae gwadu cyhoeddus yn cuddio ffydd bersonol anghyffredin ambell waith!

Fel rheol, wrth gyflawni yr arferion hyn byddai unigolion yn defnyddio gwrthrychau oedd yn amlwg yn eu hamgylchfyd – planhigion cyffredin a'u hadau, dillad, bwydydd, neu symbolau diwylliannol grymus megis y Beibl. Perfformid y mwyafrif o'r arferion yn y cartref fel gweithred ddefodol unigol neu fel gêm ar achlysur cymdeithasol. Pan oedd grym arferiad yn gofyn am fynd i safle arbennig y tu allan i'r cartref gwnaed hyn liw nos ac yn aml yn y dirgel. Dengys y mwyafrif o'r enghreifftiau mai arferion merched ifanc oedd y rhain ond wrth gwrs, nid yw diffyg tystiolaeth yn brawf nad oeddynt yn rhan o weithgarwch dirgel y bechgyn yn ogystal.

Rhoddid lle blaenllaw i ddail onnen yn yr arferion hyn, yn arbennig dail gyda rhif gwastad o ddeiliach. Wedi i ferch ifanc dynnu deilen fe edrychai arni a gofyn i'r dyn cyntaf a groesai ei llwybr ddod yn gariad iddi. O roi'r ddeilen yn ei maneg neu ar ei bron (o dan ei dillad) gallai sicrhau y byddai'r darpar ŵr yn ymddangos yn fuan. O adrodd yr wyddor wrth fyseddu'r deiliach fesul un a chyrraedd y deiliach isaf ar y llaw dde dyma lythyren gyntaf enw'r darpar gymar. Wrth wneud hyn gyda nifer o ddail câi amrywiaeth o lythrennau i gynhyrfu ei dychymyg! Hwyrach mai deilen iorwg fyddai'r dewis ac o gario honno yn y boced câi sicrwydd y byddai'r dyn cyntaf i groesi ei llwybr, hyd yn oed os oedd wedi priodi ar y pryd, yn sicr o'i phriodi yn y man. Torrai'r bechgyn lythrennau cyntaf enwau eu cariadon ar ddeilen lawryf a'u rhoi dan eu capiau. Petai'r llythrennau'n troi'n goch dyna argoel fod pethau'n mynd yn dda!

Roedd potensial arbennig i hadau dant y llew yn nwylo hen ferch. Rhoddai'r nifer o chwythiadau oedd eu hangen i waredu'r coesyn o'r hadau bach hedegog syniad o'r blynyddoedd y byddai'n aros yn ddibriod. Darganfod 'faint o'r gloch' yw amcan yr arfer hwn i blant hyd heddiw a hwyrach fod hynny yn arwyddocaol i'r hen ferch yn ogystal!

Roedd lle amlwg i hadau cywarch mewn defodau rhamanta er mwyn sicrhau rhagwelediad o'r darpar ŵr. Byddai merch ifanc yn taenu'r hadau ar y ddaear a gofyn i hwnnw ddod i gynaeafu'r cnwd fyddai'n debygol o dyfu yn rhyfeddol o sydyn wedi iddi ddychwelyd i'r tŷ!

Hadau cowarch wyf fi'n hau
Sawl a'm cara doed i'w crynhoi.

Yna, yn y pellter, gwelai ei hanwylyd wrthi'n brysur. Arferid gwneud hyn ar Nos Gŵyl Ifan neu Nos Gŵyl Farc (Ebrill 24). Yn yr un modd, deuai'r cariad i gribinio'r ardd gennin ar gais y ferch:

Y sawl sydd i gydfydio
Doed i gydgrybinio.

Roedd nifer o arweinwyr cymdeithas o ddiwedd y ddeunawfed ganrif ymlaen yn rhybuddio yn erbyn coelion o'r fath – *ofer*goelion yn eu tyb hwy – a magodd nifer o straeon oedd yn adrodd hanes tynged ofnadwy rhai merched ifanc oedd yn ymhél. Sonnir am un yn sefyll ar iard yr eglwys am hanner nos ar noswyl Nadolig yn taflu hadau cywarch dros ei hysgwydd yn y gobaith o weld ei darpar gariad. Yn hytrach cafodd fraw angheuol pan welodd arch yn ymddangos o flaen ei llygaid. Ymhen ychydig ddyddiau bu farw a hynny, yn ôl y farn gyffredinol, oherwydd iddi herio Rhagluniaeth. O'r dydd hwnnw gwaharddwyd merched ifanc y pentref rhag ymhél â'r arfer.

Roedd amryw o arferion rhamanta yn gysylltiedig â iard yr eglwys ar y tair ysprydnos a chredid bod grymoedd goruwchnaturiol yn crynhoi o gwmpas beddau'r newydd ymadawedig ar y nosweithiau hyn. Âi merch ifanc â maneg am un llaw gan ddal ei phartneres a'r llaw arall. Wedi cerdded o gwmpas yr eglwys naw gwaith yn gofyn: 'Dyma'r faneg, ble mae'r llaw?' tebyg y byddai'r darpar gymar yn ymddangos a rhoi ei law yn y faneg wag.

Un o symbolau traddodiadol y diwylliant Cymreig fel y diwylliannau Cristnogol eraill yw y Beibl ac yn draddodiadol fe'i ystyrid yn ffynhonnell pob gwybodaeth. Nid rhyfedd felly iddo gael ei ddefnyddio i warantu canlyniadau'r defodau a rhoi grym awdurdod ar y gweithgareddau rhamanta. Arferid crogi allwedd ar damaid o linyn uwchben Beibl agored. Adroddai'r crogwr yr wyddor a phe troai'r allwedd ar lythyren arbennig roedd honno'n gynwysedig yn enw'r darpar gariad. Drwy wneud hyn dro ar ôl tro byddai llythrennau'r enw i gyd yn cael eu datgelu. Weithiau fe âi bachgen i bennod gyntaf Llyfr y Diarhebion a darllen yr adnod oedd yn cyfateb i oed ei ddarpar wraig. Yn yr adnod ceir awgrym o'i chymhwyster fel gwraig! I ferch 19 oed roedd yr argoelion yn wael: 'Dyma dynged pob un awchus am elw; y mae'n cymryd einioes dyn ei hun'. Ac felly merch 17 oed: 'Yn sicr, ofer yw gosod rhwyd yng ngolwg unrhyw aderyn hedegog'. Gellid troi i Lyfr Job 17:3, darllen yr adnod, rhoi pin drwyddi ar y dudalen a rhoi'r Beibl agored o dan y gobennydd yn y gobaith o freuddwydio am y darpar gariad. Dro arall gellid proffwydo drwy roi allwedd y drws yng Nghaniad Solomon neu Lyfr Ruth, rhwymo'r Beibl a'i grogi o un bys tra byddai rhywun arall yn darllen Caniad Solomon 8: 6-7: ' . . . oherwydd y mae cariad mor gryf â marwolaeth, a nwyd mor greulon â'r bedd'. Yna adroddid yr wyddor a phan droai'r Beibl ceid llythrennau o enw'r cariad. Medrai pâr ifanc droi at Lyfr Ruth 1: 16-17 lle mae Ruth yn datgan ei chariad at Naomi ac wedi darllen yr adnodau hyn yn uchel rhoddai'r bachgen allwedd i'r ferch ac fe'i gosodid ar yr adnodau. Wedi cau a rhwymo'r Beibl fe'i crogid o fys priodas y ferch tra oedd hwnnw'n cyffwrdd bys cyntaf llaw dde'r bachgen. Holai'r bachgen yn uchel ai'r ferch hon fyddai ei wraig a phetai'r Beibl yn troi i gyfeiriad y ferch ceid cadarnhad.

Roedd nifer o goelion a broffwydai nifer y blynyddoedd y byddai llencyn neu lances yn aros yn ddi-briod. Dylid cyfrif nodau cân gyntaf y gog yn y gwanwyn; petai honno'n agos ceisid ei dychryn ac felly ei thawelu i leihau nifer y nodau! Mae nifer o goelion yn gysylltiedig â chlywed caniad gyntaf y gog, megis sicrhau bod darn o arian yn y boced bob dydd yn y gwanwyn a phan glywir y gog dylid ei gyffwrdd er mwyn cael lwc dda. O'i chlywed am y tro cyntaf dylai merch ifanc droi yn erbyn yr haul ar ei sawdl chwith deirgwaith. Yn y twll ar y llawr gorwedd blewyn gwallt o'r un lliw â gwallt y darpar gariad!

Yn aml, nid digon yw gwybod bod darpar gymar ar y gorwel ond rhaid ceisio gwybodaeth ynglŷn â'i bryd a'i wedd, a'i faintioli hyd yn oed! Gellid codi bresych o'r pridd a chael syniad o lun ei gorff o astudio'r dail a'r coesyn, a'i olud yn ôl faint o bridd a lynai wrth y gwreiddyn! Rhoddir cryn goel ar effeithiolrwydd dail te mewn defodau rhagfynegi hefyd. Ceid cred gyffredinol bod modd rhagfynegi tynged yr yfwr wrth 'ddarllen' y gweddillion dail ar waelod cwpan. Ceid seremoni de yng Nghymru ers talwm pan âi merched ifanc ati i wneud paned yn unswydd. Petai un ddeilen yn codi i'r wyneb byddai un cariad yn siŵr o ymddangos i berchennog y gwpan honno ond golygai ymddangosiad mwy nag un y byddai cystadleuaeth am law y ferch. O ystyried maint y ddeilen gellid proffwydo maintioli'r cymar! Petai un sbrigyn o de yn codi i'r wyneb dyna argoel fod dieithryn ar ei ffordd – darpar gymar efallai? I wybod faint o amser gymerai iddo gyrraedd, byddai'r sbrigyn yn cael ei osod ar gefn y llaw chwith ac yna ei daro â'r llaw dde nes ei fod yn cwympo. Roedd pob trawiad yn cynrychioli un diwrnod.

Cysylltir nifer o ddefodau rhamanta â blodau – blodau cyffredin y maes. Gellid paru bachgen a merch drwy glymu darn o bapur a llythrennau cyntaf enwau'r pâr arno o gwmpas dau goes blodyn oedd heb flodeuo a'r rheiny wedi eu dewis yn ofalus i adlewyrchu maintioli y ddau – tal neu fyr, mawr neu fach. Cedwid y rhain mewn lle tywyll am ddeg diwrnod a phe bai'r blodau'n cordeddu, ceid priodas yn fuan ond fel arall ceid siomiant mewn cariad. Petai'r coesau wedi blodeuo ceid plant yn fuan mewn priodas ond afiechyd a marwolaeth oedd rhybudd blodau gwywedig bob amser.

Ar Nos Gŵyl Ifan byddai llysiau'r fagwyr yn cael eu gwthio i'r craciau o gwmpas drws y tŷ. Y bore canlynol petai'r planhigyn yn gwyro i'r dde câi'r perchennog gymar dibynadwy a gonest, ond i'r chwith cymar ofer a llwgr a gâi.

Rhoddwyd coel ar freuddwyd yn aml ond rhaid oedd sicrhau bod ymborth addas wedi ei ddarparu cyn mynd i'r gwely. Roedd gan yr hen bobl ffydd mewn penwaig – roedd bwyta'r rhain yn sicr o gynhyrfu'r nwydau a sicrhau breuddwyd effeithiol am y darpar gymar. Felly hefyd o fwyta darn o gacen briodas cyn clwydo neu hyd yn oed genhinen wedi ei chodi gyda'r dannedd o'r pridd liw nos. Yn ogystal gellid gosod y genhinen o dan y gobennydd i sicrhau gweledigaeth dlos! Rhaid oedd gochel rhag bwyta caws – bwyd sy'n creu drychiolaethau. Gellid gosod dail llawryf o dan y gobennydd ar Ddygwyl Ffolant ac yna, ar ôl gwisgo coban tu chwith allan, mynd i'r gwely i freuddwydio. Credid yn gyffredinol yn effeithiolrwydd nifer o blanhigion a gwrthrychau ac o'u gosod o dan y gobennydd byddent yn sicr o greu breuddwyd yn llawn gweledigaethau proffwydol.

Roedd nifer o ddefodau i geisio darganfod llythyren gyntaf enw'r darpar gymar. Sonia Lewis Morris o Fôn am gasglu tair malwoden ar Nos Galan Gaeaf, eu gosod dan bowlen a'u gadael dros nos. O astudio'r llwybrau llysnafedd yn y bore ceid llythyren. Hefyd:

> Byddent hwy yn mynd allan
> I'r murddunod nos ŵyl Ifan
> Draw i chwilio am falwoden
> Wen, i'w rhoddi dan bowlen;
> Boreu wedyn bydd y merched
> Yno'n darllen coel eu tynged:
> Llunio gair o lwybr y falwen.
> ... Ond os erys y falwoden
> Yn yr unman dan y bowlen,

Argoel ddrwg yw hyn yn wastad –
Argoel o farwolaeth cariad.

Mewn cyfnod pan oedd marwolaeth yn taro'n sydyn ac yn aml rhaid oedd paratoi am y gwaethaf. Mentro oedd rhamanta ac os na cheid argoel dda rhaid bod yn barod i dderbyn tynged a oedd fel rheol yn cynnwys dihoeni, afiechyd a marwolaeth.

Rhoddwyd ffydd mewn croen afal neu feipen. Ar Nos Galan Gaeaf byddai'n rhaid eu plicio heb dorri'r croen – pe torrai hwn diflannai'r swyn – ac yna ei daflu dros yr ysgwydd chwith. O astudio'r croen wedi iddo syrthio ceid y llythyren ddisgwyliedig. Weithiau rhif a arwyddai nifer y blynyddoedd cyn i'r taflwr briodi a welid! Ar y noson hon eto, ac yn wir ar bob un o'r tair ysprydnos, gallai merch ifanc daflu cneuen gollen i'r tân ac o weld honno'n fflamio a llosgi medrai fod yn dawel ei meddwl y byddai cymar ar ei ffordd o fewn y flwyddyn. Petai'r gneuen yn mudlosgi roedd afiechyd a hwyrach marwolaeth ar y gorwel.

Ar Ddydd Gŵyl Mihangel (Medi 29) byddai merched ifanc yn casglu afalau surion bach, eu gosod mewn man diogel a'u defnyddio i sillafu llythrennau cyntaf y sawl a ddymunent fel cariad. Ar ddydd yr hen ŵyl Mihangel (Hydref 9) fe'u hastudid yn ofalus i weld beth oedd argoelion y berthynas.

Rhoddid ffydd yn yr hyn a wisgai'r perchennog yn enwedig y dillad isaf, gardysau, sanau ac esgidiau. Ar nos Wener gellid rhoi'r hosan dde i mewn yn yr hosan chwith cyn mynd i'r gwely er mwyn breuddwydio am ddarpar gymar, neu ar Nos Gŵyl Ifan gosod esgidiau ar ffurf y llythyren T o dan y gwely. Ceid amrywiaeth mwy cymhleth ar yr arfer hwn sef clymu gardas gyda naw o glymau tyn ac un llac ac yna ei rwymo o gwmpas post y gwely ac yna gosod yr esgidiau yn ôl y patrwm uchod, ond o dan y gobennydd y tro hwn. Yna, dylid cerdded wysg y cefn at y gwely a dadwisgo gyda'r llaw chwith. Mae'n anodd credu sut y byddai neb yn medru cysgu gyda'r holl 'nialwch o dan y gobennydd! Gallai merch roi darnau o bapur gyda llythrennau cyntaf enwau y bechgyn yr oedd yn dymuno canlyn â nhw arnynt, wyneb i waered mewn powlen o ddŵr cyn mynd i'r gwely. Erbyn y bore byddai llythrennau ei darpar ŵr wedi troi drosodd. Pe rhoddid carreg mewn hosan cyn clwydo ceid breuddwyd am y cymar.

Mae'n anodd credu bod arferion tebyg yn rhan o ymarfer tymhorol neu feunyddiol o edrych arnynt drwy'n llygaid mwy gwyddonol ac, yn anffodus, mwy sinigaidd ni heddiw. Mae'n debyg fod y mwyafrif o'r arferion cyhoeddus yn cael eu cynnal fel hwyl diniwed ar adeg gŵyl neu ddathlu, ond gyda'r arferion personol a dirgel, pwy a ŵyr? Mae'r

*Rhamanta – taflu cnau collen i'r tân ar Nos Galan Gaeaf (uchod)
a thaflu croen afal dros yr ysgwydd i geisio rhagweld pwy yw'r darpar gymar*

awydd oesol hwn yr un mor gyfarwydd heddiw – ystyriwn boblogrwydd astroleg a'r horosgob ac yn y blaen. Yr hyn sydd wedi newid yw ffurf yr arfer – fe'i haddaswyd a'i newid i ateb gofynion yr oes.

Tecwyn Vaughan Jones

Canu Serch y Cywyddwyr (c. 1330-1525)

Prin fod corff o gerddi mewn unrhyw iaith sy'n fwy gwefreiddiol ei gynnwys na chanu serch y cywyddwyr yng Nghymru, nid yn unig o ran ei natur delynegol ond hefyd o ran ei ddyfeisgarwch a'i wreiddioldeb. Yn ystod y bedwaredd ganrif ar ddeg y cafwyd y cerddi serch mwyaf afieithus, a hynny gan Ddafydd ap Gwilym a'i gyfoeswyr, y cywyddwyr cynnar fel yr adwaenir hwy. Dafydd ap Gwilym yn ddiau oedd pennaf meistr y canu serch, ac nid rhyfedd fod ganddo nifer o efelychwyr yn y ganrif ddilynol, rai ohonynt yn ddynwaredwyr pur fedrus.

Ffaith na ellir yn hawdd ei gwadu yw fod i'r canu serch gryn boblogrwydd ymhlith noddwyr y beirdd yn y bedwaredd ganrif ar ddeg ac wedi hynny, fel ymhlith cynulleidfaoedd uchelwrol ledled gorllewin Ewrop yn yr Oesoedd Canol. Byth oddi ar y ddeuddegfed ganrif pan oedd trwbadwriaid Profens yn canu cerddi ar thema serch cwrtais *(amour courtois)*, yr oedd wastad groeso ymhlith gwŷr a gwragedd bonheddig llysoedd Ewrop i gerddi a chwedlau a ymwnâi'n bennaf â serch, a hwnnw gan amlaf yn serch godinebus. Ac yma yng Nghymru, o ddechrau'r bedwaredd ganrif ar ddeg ymlaen, galwai noddwyr y beirdd yn gynyddol am gerddi serch. Tystia Iolo Goch, er enghraifft, yn ei farwnad i Lywelyn Goch Amheurig Hen mai am '[r]ieingerdd y gŵr hengoch' y gelwid gyntaf pan ofynnid i'r cerddorion am gân yn y llysoedd, a dylem gadw mewn cof werth y cerddi serch yn gyffredinol fel cyfrwng diddanwch, gan eu bod yn aml yn gerddi storïol doniol a ffraeth a gynhwysai weithiau beth ymddiddan.

Y gred erbyn hyn yw fod rhai o gonfensiynau canu serch y Cyfandir wedi cyrraedd Cymru cyn cyfnod y cywyddwyr cynnar, a'u bod wedi treiddio i ganu'r glêr, sef y beirdd isradd a berthynai i'r traddodiad islenyddol. Pan aeth Einion Offeiriad ati i lunio'i Ramadeg barddol tua 1330, cynhwysodd ynddo nifer o ddarnau enghreifftiol y credir eu bod wedi'u codi o rai o gerddi'r glêr a gylchredai ar lafar. Un ohonynt yw'r dyfyniad canlynol sy'n enghreifftio'r awdl-gywydd:

> Hirwen, na fydd drahaus,
> Na ry esgeulus eiriau,
> Na watwar am dy serchawl
> A'th ganmawl ar gywyddau.
> O gwrthodi, liw ewyn,
> Was difelyn gudynnau,
> Yn ddiwladaidd, dda ei lên,
> A'i awen yn ei lyfrau,

>Cael it filain aradrgaeth
>Yn waethwaeth ei gyneddfau.

(Y ferch dal, olau ei phryd, paid â bod yn drahaus, / Paid â rhoi ateb esgeulus [i mi], / Paid â gwatwar dy gariad / Sy'n dy ganmol ar gywyddau. / Os gwrthodi, [y ferch] o liw ewyn, / Lanc â chudynnau tywyll [o wallt], / Yn gwrtais, dda ei gân, / A'i awen yn ei lyfrau, / Fe gei di daeog sy'n canlyn y wedd / a fydd yn llawer gwaeth ei gyneddfau.)

Mae cael carwr o ysgolhaig neu glerc sy'n ceisio dwyn perswâd ar forwyn i'w ddewis ef yn gariad yn lle rhyw horwth o was fferm anfoesgar na fyddai'n ei thrin hanner mor ofalus, yn thema a geid yn y canu cyfandirol. Dyna brofi bod ambell thema wedi ymsefydlu yng nghanu'r glêr cyn cyfnod Dafydd ap Gwilym. Mae'n ddigon hawdd sylwi ar batrymau tramor yn ei waith ef, ond gorchwyl anodd yw penderfynu'n union beth oedd natur y benthyca a'r addasu a fu arnynt gan fod modd gweld plethwaith o ddylanwadau posibl ar y cerddi, ynghyd â nifer o gyfraniadau gwreiddiol gan y bardd ei hun.

Er dweud bod y canu serch yn boblogaidd iawn yng nghyfnod y cywyddwyr cynnar yn enwedig, dylid cofio bod gwrthwynebiad iddo o du'r Eglwys. Nid da gan rai o'r brodyr eglwysig mohono o gwbl; mewn un gerdd, mae Dafydd ap Gwilym yn adrodd geiriau'r Brawd Llwyd a'i hanogodd i ymwrthod â'r canu serch gan ei fod yn ei hanfod yn bechadurus:

>Nid oes o'ch cerdd chwi y glêr
>Ond truth[1] a lleisiau ofer
>Ac annog gwŷr a gwragedd
>I bechod ac anwiredd.

[1] ffalsedd, gweniaith.

(Cystal nodi wrth fynd heibio nad oedd perthynas ry gariadus rhwng y beirdd a'r brodyr eglwysig yn gyffredinol yn yr Oesoedd Canol. Ceir cyfeiriad at y bardd Saesneg Chaucer, er enghraifft, yn derbyn dirwy o ddau swllt am roi cweir i un o'r Brodyr Llwydion yn Fleet Street!)

Colyn cyhuddiad y Brawd Llwyd yw fod Dafydd a'i gymheiriaid yn canu am serch cnawdol a godinebus. Yr oedd hynny'n berffaith wir, oherwydd gwyddys mai gwraig briod oedd Morfudd, y ferch y canodd Dafydd y rhan fwyaf o'i gerddi serch iddi. Llysenw ei gŵr oedd y Bwa Bychan, a thybir ei fod yn un o gymdogion y bardd. Ond y cwestiwn allweddol ydyw a oedd perthynas wirioneddol rhwng Dafydd ap Gwilym a Morfudd, ynteu ai math ar stori neu ddrama ddychmygol oedd y garwriaeth er mwyn peri difyrrwch ar aelwyd Morfudd a'i gŵr, Cynfrig Cynin? Saunders Lewis a awgrymodd gyntaf fod y cywyddau i Forfudd wedi'u datgan yng nghlyw y Bwa Bach, a byddai hynny'n gwbl bosibl a derbyniol oherwydd mai bardd oedd Dafydd a dderbyniai dâl am ganu cerddi serch yn union fel y derbyniai beirdd eraill dâl am ganu cerddi mawl a marwnad.

Y gwir amdani yw fod nifer o draddodiadau i'w cael sy'n cysylltu rhai o'r beirdd â gwahanol gariadon, sef merched a enwir yn y cerddi y gwyddom eu bod yn wragedd priod. Ymhlith y gwragedd y canodd Dafydd ap Gwilym iddynt y mae Morfudd, a grybwyllwyd eisoes, Elen Nordd, a oedd yn wraig i fasnachwr gwlân o dref Aberystwyth, ac Angharad, gwraig Ieuan Llwyd o Barcrhydderch yng Nglyn Aeron. Un arall o'i gariadon oedd Dyddgu, merch o'r Tywyn ym mhlwyf y Ferwig, ond ni chredir ei bod hi'n briod pan ganai Dafydd iddi. Fe sylwir mai merched o Geredigion oeddynt bob un. Canodd Llywelyn Goch Amheurig Hen gerddi i Leucu Llwyd o Bennal ym Meirionnydd, a oedd yn briod â Dafydd Ddu o Gymer, neu o Gemeirch. Ac fe ganodd Dafydd Nanmor gywyddau serch i Gwen o'r Ddôl, sef Dolfrïog, o bosibl, gerllaw cartre'r bardd yn Nanmor. Yn achos y ddau Ddafydd, Dafydd ap Gwilym a Dafydd Nanmor, y mae traddodiadau pellach i'w cael sy'n dweud iddynt fynd i helbul gyfreithiol oherwydd eu godineb. Yn ôl traddodiad a gofnodwyd ganrif ar ôl oes Dafydd ap Gwilym, bu raid i wŷr Morgannwg dalu iawn i'r Bwa Bach am Forfudd, ac o gyplysu hynny ag awgrym yng nghywydd 'Y Gwynt' fod y bardd yn alltud, hwyrach fod cyhuddiad cyfreithiol yn ei erbyn a olygai ei fod dan amod i beidio â mynd yn agos i'w fro enedigol. Hawdd y gellid credu hynny o ystyried fod y Bwa Bach yn gydnabyddus ag uchelwyr a weithredai fel swyddogion lleol dan y Goron yng Ngheredigion. Ac am Ddafydd Nanmor, ef ei hun sy'n dweud yn un o'i gywyddau iddo gael ei alltudio o Wynedd drwy ddedfryd rheithgor o ddeuddeg gŵr oherwydd ei garwriaeth â Gwen o'r Ddôl.

Yr hyn sy'n ein gorfodi i ystyried y posibilrwydd nad ffuglen yn unig mo garwriaethau'r beirdd serch yw darganfyddiad Dr Llinos Beverley Smith yn ddiweddar wrth iddi bori drwy gofnodion llys eglwysig esgobaeth Henfford. Trawodd ar hanes achos diddorol y bardd Ieuan Dyfi a'i gariadferch, Anni Goch, gwraig y ceir cywyddau ar glawr iddi gan Ieuan sy'n ei chyhuddo o fod yn llawn twyll a dichell. Teflir goleuni newydd a llachar ar y cywyddau hyn bellach gan y cofnod am wysio Ieuan Dyfi, a ddisgrifir fel gŵr sengl, gerbron y llys eglwysig yn 1501-2 i wynebu cyhuddiad o odinebu â gwraig briod o'r enw Anni Lippard, a adwaenid hefyd wrth yr enw Anni Goch. Cyffesodd Ieuan i'r drosedd a chafodd ei chwipio'n gyhoeddus wyth gwaith. Er i Anni Goch wadu ar y cychwyn iddi ymgyfathrachu ag Ieuan o'i gwirfodd, fe newidiodd ei chân yn nes ymlaen a chyfaddef iddi gael perthynas â'r bardd. Awgrymwyd mai carwriaeth danbaid yn ystod misoedd yr haf oedd hon ac i'r chwarae droi'n chwerw. Canfu Dr Smith gyfeiriad at fardd serch arall o'r bymthegfed ganrif, sef Bedo Brwynllys o Frycheiniog, a wynebodd gyhuddiad o buteindra â gwraig o'r enw Elen. Ni all neb bellach ddiystyru'n llwyr y traddodiadau a gadwyd am berthynas honedig y beirdd â merched priod, gan y gall yn hawdd fod profiad personol yn gorgyffwrdd â thema lenyddol yng ngwaith rhai ohonynt.

Gadewch inni'n awr droi at gynnwys y cerddi serch gan drafod rhai o'r confensiynau a'r themâu amlycaf. Syniad amlwg iawn yw fod y bardd yn glaf o serch ac yn dioddef o ddiffyg cwsg. Mynych yw'r sôn am effaith gorfforol serch wrth i'r ferch fwrw'i saethau at y bardd a'i nychu. Ond yn amlach na pheidio, yr hyn sy'n blino'r carwr yw ymateb anffafriol y ferch, neu'n fwy penodol ei hamharodrwydd i ymateb o gwbl, nes ei fod o ganlyniad yn dihoeni bron hyd at angau. Rhaid cofio y gallasai'r ferch fod y tu hwnt i gyrraedd y bardd, naill ai am nad oedd o'r un dosbarth cymdeithasol ag ef, neu am ei bod yn briod. Rhan o'r antur wedyn yw ceisio goresgyn y rhwystrau sydd ar ei ffordd rhag cyrraedd y ffrwyth gwaharddedig.

Yn achos Dafydd ap Gwilym, nid oedd pethau mor syml, gan fod Morfudd yn ferch mor oriog a di-ddal. Fe'i gelwir gan Ddafydd mewn un man yn 'farworyn rhudd', sef colsyn gwynias sy'n eithriadol o ddeniadol, ond os cyffyrddir ag ef fe losgir y bysedd! Weithiau, mae'n ymddangos bod Morfudd yn ymateb i serchiadau'r bardd, ond dro arall mae'n gyndyn. Bryd hynny mae fel petai am aros yn driw i'w gŵr Eiddig, sef y Bwa Bach. Dyma'r cymeriad stoc yn y canu serch Hen Ffrangeg, sef *le jaloux*, gŵr sydd gan amlaf yn hŷn na'i wraig, ac sydd â nam corfforol arno. Ond er gwaethaf ei ddiffygion corfforol, mae'n eiddigeddus warchod ei wraig ddeniadol rhag pob ysbeiliwr, gyda chymorth ei wasanaethyddion. Yn y cywydd 'Tri Phorthor Eiddig', sonnir am gi cynddeiriog, dôr wichiedig a hen wrach o forwyn fethedig sy'n cadw gwyliadwriaeth ac yn rhybuddio'r Eiddig bod y bardd yn prowla. Mewn cywydd arall lle'r enwir Morfudd, ceir darlun o'r bardd fel carwr selog a thanbaid:

Ceisio yn lew heb dewi
Beunydd fyth bun[1] ydd wyf fi.
Cadw y mae Eiddig hydwyll
Ei hoywddyn bach hyddawn bwyll.

[1] merch.

Ychwanega, gan adrodd dihareb, mai trech yw'r sawl sy'n ceisio na'r sawl sy'n cadw, ac fe'i cyffelyba'i hun i leidr sy'n mynd yn fwy penderfynol fel y mae'r Eiddig yn mynd yn fwy amddiffynnol. Datblygir y ddelwedd o'r bardd yn lleidr hefyd mewn cywydd gan Ruffudd ab Adda lle dywed:

> Lleidr wyf, mae clwyf i'm clymu,
> Lleidr merch deg, nid lleidr march du.

Efallai mai mewn cywydd direidus gan Fadog Benfras y cawn yr enghraifft orau o un o lwyddiannau serch lledrad, lle disgrifia'r bardd ei hun yn cyfnewid lle â gwerthwr halen dirmygedig fel na fyddai gŵr ei gariad yn ei adnabod. Cyrcha at dŷ'r Eiddig gyda chawell halen ar ei gefn a chwpanau mesur yn hongian wrtho, ac wedi cyrraedd y buarth mae'n bloeddio 'halen'. Achosa hyn gryn gynnwrf, oherwydd mae'r gweision yn dechrau'i watwar a'i ddifrïo a'r cŵn yn coethi arno nes bod yr holl sŵn yn deffro gwraig y tŷ, ac ar ôl iddi holi'i morwyn pwy sydd yno, mae'n galw am gael gweld yr halenwr. Caiff yntau fynediad i lofft y ferch ac mae hithau'n ei adnabod ar amrantiad. Hawdd yw dychmygu boddhad y bardd wrth weld llwyddiant ei ddyfais dwyllodrus:

> Hael y cawn gan hoywliw caen[1]
> Hwyl, ac nid gwerthu halaen.

[1] gorchudd.

Byddai cywydd storïol fel hwn yn siŵr o fod at ddant cynulleidfa'r cyfnod. Felly hefyd y cerddi a ddisgrifiai deithiau caru aflwyddiannus, ac unwaith yn rhagor, gan Ddafydd ap Gwilym y cawn y goreuon o'r math hwn wrth iddo wneud hwyl am ben ei anturiaethau trwsgl.

A hithau'n dywyll fel y fagddu, fe'i disgrifia'i hun mewn un cywydd yn teithio ar gefn ei farch liw nos ac yn syrthio ar ei ben i bwll mawn wrth grwydro oddi ar ei lwybr. Ei ymateb yw bwrw'i lid ar y sawl a'i cloddiodd. Dro arall, wrth lercian y tu allan i dŷ ei gariad, mae ei gŵr – sy'n greadur dewr a chydnerth – yn ei ymlid, a chaiff loches yng nghwt y gwyddau. Gyda'i fod yn cael ei wynt ato yno, mae gŵydd fawr yn ymosod arno'n ffyrnig. Rhan o apêl y cywyddau hyn am anffodion carwriaethol yw fod yr hiwmor ynddynt yn digwydd ar draul methiant y bardd i gyflawni: ei fethiant i gyrraedd y ferch yn y lle cyntaf, neu os â cyn belled â'i chyrraedd, ei fethiant i fwynhau ei chwmni am yn hir, gan fod rhywbeth o hyd yn dod i darfu arnynt. Dyna gywydd 'Y Rhugl Groen', er enghraifft, lle mae'r bardd yn ei ddisgrifio'i hun yn cydeistedd â merch yng nghysgod y coed ar ddydd o haf ac yn cael cystal hwyl ar bethau nes bod y ddau ymhen dim yn cydorwedd. Yna'n sydyn daw hen

Le Roman de la Rose, Guillamme de Lorris a Jean de Meun

begor o fugail heibio yn ysgwyd teclyn a oedd ganddo'n dychryn anifeiliaid rheibus. Dychrynir y ferch gan y sŵn, a dyna gynlluniau'r bardd i garu â hi wedi mynd yn ffliwt!

Fe welir mai'n yr awyr agored yn aml yr oedd y beirdd yn caru, a hynny oherwydd amlygrwydd thema'r llys yn y llwyn. Mae byd natur yn fythol bresennol yn y canu gan fod mis Mai yn cael ei gysylltu â'r oed yn y llwyn. Daw'r dyfyniad canlynol o gywydd ansicr ei awduraeth sy'n disgrifio'r llwyn banadl:

> Pan ddêl Mai â'i lifrai las
> Ar irddail i roi'r urddas,
> Aur a dyf ar edafedd
> Ar y llwyn er mwyn a'i medd.
> Teg yw'r pren, a gwyrennig,[1]
> Y tyf yr aur tew o'i frig.
> Duw a roes, difai yw'r ail,[2]
> Aur gawod ar y gwiail.
> Bid llawen gwen[3] bod llwyn gwŷdd[4]
> O baradwys i brydydd.
>
> [1] gwych, iraidd. [2] plethiad. [3] merch. [4] coed.

'Rhan serchogion yw'r haf', meddai Dafydd ap Gwilym, a'r adeg honno o'r flwyddyn byddai'r deildy yn lloches ddelfrydol ar gyfer y cariadon gyda'r adar yn gwmni iddynt, yn baradwys ddaearol ymhell o olwg yr Eiddig. Ceir gan Ddafydd ap Gwilym ddisgrifiadau cyfareddol o ddyfodiad mis Mai a'r haf cynnar pan fo natur wyllt yn ffrwydro'n wyrdd ac yn deffro pob nwyd.

Yng nghanu serch cyfandir Ewrop bodolai'r syniad o serch fel celfyddyd ac iddi reolau penodol. Darlunnid perthynas y cariadon yn aml mewn termau ffiwdalaidd lle'r oedd y gariadferch yn arglwyddes a'r carwr yn gaethwas a geisiai'i gwasanaethu'n ffyddlon er mwyn ennill ei ffafr. Ond nid yw'r wedd hon ar serch cwrtais yn ymddangos yn y canu Cymraeg. A rhag i neb feddwl mai serch dwair a phlatonaidd oedd serch y cywyddwyr, cystal dweud yn y fan hon nad oes brinder cyfeiriadau at serch cnawdol yn y cerddi. Digwydd y berfenw *cael* droeon yn yr ystyr rywiol, ac nid uchelwragedd yn unig a gyferchid, oherwydd y mae mwy nag un cywydd ar gael lle mae bardd yn ceisio bargeinio â phutain. Ac nid oedd lleianod yn ddiogel rhag crafangau'r beirdd serch ychwaith, gan fod sawl cywydd wedi'i ganu i annerch lleian. Mewn un cywydd anhysbys ei awduraeth, anogir lleian i ddilyn y bardd ar lwybr serch i'r llwyn gan gyfnewid defodau crefydd am ddefodau serch. Pe dilynai hi'r bardd i'r coed fe enillai enaid rhydd, a dyna droi a'i ben i waered y syniad o dderbyn maddeuant swyddogol gan yr Eglwys am bererindod i ganolfannau fel Rhufain a Santiago de Compostela yn Sbaen.

Pan oedd amgylchiadau'n rhwystro'r bardd rhag gweld neu annerch ei gariad, gallai anfon cywydd llatai ati. Negesydd serch oedd y llatai, ac mae i'r cerddi hyn gynllun gweddol sefydlog. Rhoir lle amlwg ynddynt i ddisgrifio'r negesydd cyn crybwyll y math o rwystrau a allai fod ar ei ffordd. Yna fe ddywedir lle mae'r ferch yn byw a sut un yw hi. Anfonodd Llywelyn Goch Amheurig Hen y penlöyn, neu'r titw, yn llatai o'r Deheubarth i Feirionnydd at ei gariad: 'Dwg i wraig Dafydd dydd da', meddai, ac er nad enwir Lleucu Llwyd yn y gerdd, tybir mai hi oedd y wraig y dymunai'r bardd iddi wybod ei fod yn hiraethu'n fawr amdani. Canodd Dafydd Nanmor gywydd i yrru'r paun at Gwen o'r Ddôl gan ofyn iddo wneud drwg rhyngddi a'i phriod, a'r hyn sy'n ddiddorol yw fod y cywydd hwn wedi'i ateb gan Rys Goch Eryri, a gyfansoddodd gywydd i'r llwynog yn gofyn iddo ladd y paun am fod Rhys hefyd mewn cariad â Gwen:

> Caru 'dd wyf caruaidd Wen
> O'r Ddôl, ail deurudd Elen,
> A'i charu y mae, chwaer i mi,
> Gŵr arall gwag o 'Ryri.

Math arall o gerdd serch oedd honno a gyfansoddid i ddiolch am anrheg debyg i'r cae bedw neu'r cae Esyllt, sef torch blethedig o wiail bedw a wneid gan ferch yn arwydd i fachgen ei bod yn ei garu. Ceir cywydd gan Ddafydd Nanmor yn diolch i Gwen o'r Ddôl am gae, lle dywed y bardd y bydd yn anfon cae o'i wneuthuriad ei hun yn arwydd ati hi.

Hoff gan y beirdd oedd llunio disgrifiadau o brydferthwch corff merch gan ddilyn patrwm llyfrau rhethregol a ddysgai fod y corff i'w ddisgrifio mewn trefn benodol o'r pen i'r traed. Nodwedd dra deniadol ar y disgrifiadau hyn yw'r dyfalu ar wahanol rannau o'r corff. Techneg arbennig ar gyfer llunio disgrifiad dychmygus drwy gymariaethau a throsiadau amrywiol oedd dyfalu, a defnyddiai nifer o feirdd hi'n fedrus i greu disgrifiadau ffansïol o wallt merch yn enwedig. Y cywydd gwallt enwocaf yw hwnnw gan Ddafydd Nanmor 'I Wallt Llio', lle dywedir bod ei gwallt golau'n disgleirio fel lluwch mân, a bod y plethau ynddo yn debyg i flaen fflam felen. Wrth i Lio gribo'i gwallt mae'r bardd yn ei weld yr un ffunud â phwn o blu newydd ar esgyll paun ym mis Mai, neu fel mwg euraid wrth iddo hongian am ei gwar. Neilltuid cywyddau cyfain hefyd i ddisgrifio cusan y ferch, ac yn un o'i gywyddau mae Dafydd ab Edmwnd yn pwysleisio melyster cusan ei gariad: 'Siwgr gwyn a roes gwawr Gwynedd / Sy ar y min fel sawr medd'.

Yn wir, ceir cyfoeth o ddelweddau yn y cerddi disgrifiadol nes creu'r argraff fod y beirdd yn ymhyfrydu mewn harddwch corfforol, a hynny er gwaethaf rhybuddion y brodyr eglwysig a'u hatgoffai o bryd i'w gilydd mai darfodedig oedd pob prydferthwch materol. Ond nid oedd angen atgoffa'r beirdd o fyrder einioes o gwbl, oherwydd gwyddent yn iawn am y boen ddirdynnol o golli cariad am byth. Ym marwnadau'r beirdd serch i'w cariadon y ceir peth o'r farddoniaeth fwyaf teimladwy yn holl ganu'r cywyddwyr. Pwy na all ymdeimlo ag angerdd Dafydd Nanmor yn ei 'Farwnad Merch', er enghraifft, pan ddywed mai diffrwyth fydd tymor caru mwyach?

> Os marw hon yn Is Conwy
> Ni ddyly Mai ddeilio mwy.
> Gwywon yw'r bedw a'r gwiail
> Ac weithian ni ddygan' ddail.

Y farwnad serch enwocaf a'r fwyaf angerddol yw honno a ganodd Llywelyn Goch i Leucu Llwyd, a'r hyn sy'n drawiadol ynglŷn â hi yw ei bod yn adleisio confensiwn y serenâd, sef cerdd a genid gan gariadlanc ar hwyrnos haf o dan fargod tŷ'r ferch yn ymbil arni i'w adael i mewn. Yn y farwnad, mae'r bardd yn galw ar Leucu i godi o'i bedd i orffen gwledd a adawyd ar ei hanner, a'r eironi creulon yw na chyfyd hi byth. A chofio fel y soniai'r beirdd cymaint am rwystrau serch, fe welir pa mor eironig hefyd yw'r sôn sydd gan Lywelyn Goch am y rhwystrau sydd rhyngddo a Lleucu bellach:

> Gwae fi fod arch i'th warchae!
> A thŷ main[1] rhof[2] a thi mae,
> A chôr eglwys a chreiglen[3]
> A phwys o bridd a phais bren.

[1] cerrig. [2] rhyngof. [3] gorchudd o graig.

Mae wal ddiadlam rhwng y carwr a'i gariad a drws na ellir ei ddatgloi. Y cyfan a wna'r bardd yw ffarwelio â Lleucu, a hyd heddiw mae'r ffarwél olaf yn enbyd o drist. Mae'r tristwch hwn yn wrthgyferbyniad llwyr i ddireidi ac asbri a nwyf arferol y canu serch, ac yn ein hatgoffa mai byr ei barhad yw pob llawenydd yn y bôn.

Ni fedrir mewn arolwg byr fel hwn fyth wneud cyfiawnder â chanu serch y cywyddwyr gan mor amrywiol a chyfoethog yw'r deunydd, ond ceisiwyd dangos beth yw rhai o'r prif nodweddion. Dim ond drwy ddarllen y cerddi eu hunain y gellir gwerthfawrogi'n llawn yr olwg a geir ynddynt ar wynfyd ac adfyd y berthynas oesol rhwng mab a merch.

Bleddyn Owen Huws

Morwyn a Gwraig: Safle Mab a Merch yng Nghyfraith Hywel

Nid perthyn i fyd y serch rhamantaidd, byd y cariad pur rhwng mab a merch, y mae'r berthynas rhwng gwryw a benyw a ddarlunnir gan wŷr y gyfraith yng Nghymru'r Oesoedd Canol. Nid rhywbeth a reolid gan ddefodau sanctaidd yr Eglwys oedd chwaith. Yn hytrach, byd ymarferol uno tylwythau ac eiddo a byd gwarth a chywilydd oedd byd y berthynas honno. Fel yng nghymdeithas cymunedau traddodiadol yn Sbaen neu Albania heddiw, roedd y confensiynau a benderfynai batrwm bywyd mab a merch yng nghymdeithas Cymru'r cyfnod yn sefydlog ac yn ddiffiniedig. Mewn gwlad a reolid gan linachau o wrywod roedd safle'r ferch yng Nghymru'r Oesoedd Canol yn gyfreithiol isradd. Câi ei chymharu'n aml â'r mud a'r ynfyd. Eto, roedd ei safle yn y gymdeithas yn bwysig am mai hi oedd yr un a genhedlai'r plant ac roedd parhad llinachau yn dibynnu arni hi. Roedd y ferch, felly, yn wrthrych i'w drysori ac i'w ddiogelu. Adlewyrchir yr holl bethau hyn yn y rheolau ynglŷn ag ymddygiad mab a merch a geir yn y llyfrau cyfraith.

Mae'r copïau o lyfrau cyfraith Hywel Dda sydd gennym heddiw yn perthyn i'r cyfnod rhwng y drydedd ganrif ar ddeg a'r bymthegfed ganrif, er bod y llyfrau'n hawlio bod y rheolau sydd ynddynt yn tarddu o'r ddegfed ganrif, sef oes Hywel Dda. Ysgrifennwyd y llyfrau mewn gwahanol rannau o Gymru; yn ôl pob tebyg bwriadwyd iddynt fod yn llawlyfrau cyfreithwyr yn wreiddiol. Mae'r rhan fwyaf ohonynt yn cynnwys adran neu draethawd a elwir yn *Gyfraith y Gwragedd*. Rheolau yn ymwneud â phriodas ac eiddo a geir yn yr adran hon ac ynddi cedwir prif dystiolaeth y llyfrau cyfraith ynglŷn â'r berthynas rhwng mab a merch. Mae rhai o reolau'r adran hon o'r llyfrau cyfraith yn hynafol iawn a'u gwreiddiau'n mynd yn ôl i gyfnod ymhell cyn y drydedd ganrif ar ddeg. Roedd eraill ohonynt, fodd bynnag, yn weithredol hyd yr unfed ganrif ar bymtheg mewn rhai ardaloedd yng Nghymru. Yn y bennod hon edrychir ar statws merched, ar natur uniad priodasol ac ar y ffordd y penderfynid ymddygiad merched gan gysyniadau am anrhydedd a sarhad a oedd yn ganolog i natur y gymdeithas Gymreig. Dechreuwn drwy edrych ar statws merched oherwydd bod hyn yn sylfaenol i'r rheolau.

Dwy elfen lywodraethol cymdeithas Gymreig yr Oesoedd Canol oedd statws (*braint* yw gair y llyfrau cyfraith) a pherthynas deuluol (y gair a ddefnyddid oedd *carennydd*) ac yr oedd y naill beth yn dibynnu ar y llall. Yr oedd pwy oeddech, i raddau helaeth iawn, yn dibynnu ar natur eich tylwyth. Beth a olygwyd wrth *braint*? Yng Nghyfraith Hywel, dosberthir y gymdeithas yn ôl gwerth yr unigolion neu'r taliadau a ddisgwylid ganddynt. Roedd hyn yn amrywio yn ôl safle'r unigolion yn y gymdeithas. Y ddau daliad mwyaf nodedig o'r safbwynt hwn oedd *galanas* a *sarhaed. Galanas* oedd y pris a roddid ar fywyd dyn a byddai'n cael ei dalu gan dylwyth llofrudd i dylwyth y sawl a laddwyd. *Sarhaed* oedd y pris a roddid ar ei anrhydedd ac a fyddai'n cael ei dalu mewn achos o ladd, yn ogystal ag am resymau eraill gan gynnwys unrhyw niwed corfforol.

Ceir dwy restr o'r taliadau hyn: mae'r rhestr gyntaf yn ymwneud â'r brenin a'i deulu a swyddogion ei lys. Mae'r ail restr yn ymwneud ag aelodau cyffredin y gymdeithas, sef y *brëyr* neu'r gŵr rhydd a oedd wedi derbyn ei dreftadaeth, y *bonheddig* neu'r gŵr o dras Gymreig nad oedd wedi derbyn ei dreftadaeth, taeogion, alltudion (sef gwŷr o wlad arall nad oeddynt o dras Gymreig) a chaethweision. Mae'r dynion a restrir yn y modd hwn yn cael eu rhannu'n ddau ddosbarth sef y sawl oedd yn rhydd a chanddynt fraint yn ôl eu haeddiant eu hunain, a'r rhai nad oeddynt yn rhydd a'u safle mewn cymdeithas yn dibynnu ar eraill. Dynion felly oedd y *taeog* a oedd bob amser yn *daeog brenin* neu *daeog brëyr* ac yn y blaen, neu'r *alltud* a oedd ynteu yn *alltud brenin* neu *alltud brëyr*. Roedd y fenyw hithau yn ddibynnol bob amser. Adlewyrchir hyn yn natur y gwerthoedd a roddwyd arni. Roedd y fenyw bob amser yn *ferch/gwraig brëyr* neu *ferch/gwraig bonheddig*. Amrywiai'r gwerthoedd yn ôl statws ei pherthnasau agosaf. Yn achos *galanas* a *sarhaed*, roedd ei *galanas* bob amser yn hanner *galanas* ei brawd, boed hi'n briod neu'n ddibriod; roedd ei *sarhaed* ar y llaw arall yn hanner *sarhaed* ei brawd cyn priodi ac yn draean *sarhaed* ei gŵr ar ôl priodi. Roedd dwy ferch yn eithriadau i'r rheol hon. Un oedd y gaethferch yr oedd ei *sarhaed* yn dibynnu ar natur ei galwedigaeth. Os oedd hi'n wniadwraig, pedair ceiniog ar hugain oedd gwerth ei *sarhaed*, fel arall deuddeg ceiniog oedd ei werth. Roedd *sarhaed* a *galanas* brenhines bob amser gyfwerth â thraean y taliadau a benodid i'w gŵr. Roedd yr arwyddion hyn o fraint felly yn uniaethu'r fenyw, yn y rhan fwyaf o achosion, â'r gwŷr yr oedd hi'n gysylltiedig â hwy naill ai drwy gystlwn gwaed neu glymau priodas.

Adlewyrchid natur ddibynnol statws y ferch mewn ffyrdd eraill ar ôl priodi, yn enwedig yn yr hawl oedd ganddi i wneud rhoddion. Roedd gan wraig y brenin hawl i roi ei chyfran hi o *ddofod,* sef eiddo achlysurol y brenin, ond ni allai gwraig *brëyr* ond rhoi bwyd a dillad a chynnwys ei chartref ar fenthyg. Ei phenwisg a'i gogor yn unig a roddai gwraig taeog ar fenthyg. Yn achos gwraig briod, mae ei dibyniaeth yn ddeublyg am fod ei *sarhaed* yn adlewyrchu *sarhaed* ei gŵr a'i *galanas* yn adlewyrchu *galanas* aelodau gwrywaidd ei theulu genedigol.

Yn y rhestrau o *alanasau* a *sarhaedau*, y newid yn ei *sarhaed* yw'r newid amlycaf a ddaw i wraig yn sgîl ei huniad â gŵr. Yn y cyd-destun hwnnw nid oes gwahaniaeth beth oedd natur yr uniad oherwydd yr ansoddair a ddefnyddir i'w disgrifio yw *gwriog*, nid *priod*, ac mae ei *sarhaed* yn newid yn ôl statws y gŵr y cafodd hi gyfathrach rywiol ag ef ddiwethaf. Cyn y gyfathrach cyfeirir ati fel *morwyn*, ar ôl y gyfathrach y term amdani yw *gwraig*. Cawn gip ar y broses o newid o forwyn i wraig yn y rheolau ynglŷn â natur uniadau priodasol neu rywiol yng *Nghyfraith y Gwragedd*, ac er mai ar ffurf cyfres o reolau cyfreithiol y cyflwynir hwy, cawn ryw olwg ar natur perthynas bersonol.

Rhestra *Cyfraith y Gwragedd* dri math o uniad rhywiol (amhriodol yw'r rhoi'r enw *priodas* arnynt) a nodwyd gan gyfnewid cyfres o daliadau rhwng teulu'r ferch a'r mab. Mae'r uniadau hyn yn amrywio o ran ffurfioldeb. Y cyntaf a'r uchaf ei barch oedd yr *uniad trwy rodd cenedl;* yr ail oedd *uniad trwy lathludd* lle y dihangodd merch gyda gŵr yn agored gyda chaniatâd goddefol teulu'r ferch, neu yn gyfrinachol yn erbyn eu hewyllys; a'r trydydd oedd *uniad trwy drais* lle y treisiwyd merch yn erbyn ei hewyllys.

Edrychwn i ddechrau ar yr *uniad trwy rodd cenedl* neu trwy *rhodd ac estyn* fel y'i gelwir weithiau – yr uniad parchusaf ac yn ôl pob tebyg, yr hyn a ystyrid yn norm neu'n ddelfryd. Mae'r rheolau cyfraith yn rhoi darlun byw inni o'r broses hon o briodi. Roedd y ferch yn cael ei chadw wrth ford ei thad nes iddi gyrraedd oedran aeddfedrwydd yn ddeuddeg oed. O ddeuddeg hyd at bedair ar ddeg ni ddisgwylid iddi ddwyn plant a chymerid gofal mawr ohoni yn ystod y cyfnod hwnnw i sicrhau na fyddai'n colli ei gwyryfdod. Byddai'n cael ei chyfarwyddo ar sut i ymddwyn yn weddus ar ôl iddi gael ei rhoi i ŵr, oherwydd pan fyddai'n priodi disgwylid i'w thylwyth dyngu ei bod yn wyry, a gallai ei gŵr gymryd ernes gan ei rhieni na fyddai'n peri cywilydd iddo drwy ei chorff na bod yn gamweddus tuag ato. Rhoddwyd y wyry ifanc mewn priodas gan ei brawd, ei thad, ei chefnderwydd a'i chyfyrderwydd – nid oes llawer o sôn am syrthio mewn cariad. Wrth ei rhoi (a chyfeirir at y broses o'i harwain at ŵr fel y *dyweddi*) ynganwyd y geiriau, 'Fe'th roddaf i ŵr'. Dathlwyd y rhodd gan neithior a byddai'r gwesteion yn ymgynnull ar gyfer gwledd gan aros wedyn er mwyn tystio bod y ferch yn wyry pan gysgai'r ddau gyda'i gilydd (y *cyniweddi*). Petai'r priodfab yn gwrthod y ferch am nad oedd yn wyry, diddymid y briodas a chyfeirid ati fel *twyll forwyn*. Mae'r uniad rhywiol felly yn cwblhau'r broses o briodi a nodwyd gan gyfres o daliadau: *amobr, cowyll, cynhysgaeth* neu *argyfrau* ac *agweddi*. *Amobr* oedd yr arian a'r eiddo a dalwyd i arglwydd y tad am ei golled pan symudodd i mewn i arglwyddiaeth ei gŵr. *Cowyll* oedd y rhodd a gyflwynodd y gŵr i'r ferch drannoeth iddo gysgu gyda hi am y tro cyntaf erioed. Mae'n cyfateb i *morgengabe* neu 'rodd foreol' y llwythau Ellmynig. *Cynhysgaeth* neu *argyfrau* oedd yr eiddo a ddygai'r ferch i'r briodas (*dowry* y Saeson). Yr *agweddi* oedd y swm yr elai'r ferch ag ef gyda hi pe torrid y briodas o fewn saith mlynedd. Pe torrid y briodas wedi hynny byddai gan y ferch yr hawl i hanner eiddo ei gŵr ar wahân i'w dir. Er yr un oedd ffurf yr *uniad trwy rodd cenedl* i unrhyw Gymraes, beth bynnag ei statws, roedd maint yr *amobr*, y *cowyll* a'r *agweddi* yn amrywio yn ôl statws tad y ferch.

Yn yr ail fath o uniad priodasol, sef yr *uniad trwy lathludd*, byddai'r ferch yn cael ei dwyn i dŷ nad oedd yn perthyn i'w theulu yn agored neu yn gyfrinachol. Roedd byrbwylledd merch a wnaeth y fath beth yn cael ei adlewyrchu yng ngostyngiad rhai o'r taliadau a wneid yn y briodas. Yr un oedd yr *amobr* a fyddai'n cael ei dalu i'r arglwydd. Hi ei hun a benodai'r *cowyll* drannoeth y briodas, eithr tair buwch a'u cynffonnau gyhyd â'u clustiau yn unig oedd ei *hagweddi* pe deuai'r fath uniad i ben. Roedd y trydydd uniad, sef *uniad trwy drais*, hefyd yn gofyn am daliadau. Telid *amobr* i'r arglwydd am golli gwyryfdod, deuai'r uniad i ben ar unwaith – hynny yw cyn pen saith mlynedd – ac felly telid *agweddi* a galwai'r uniad am dalu *cowyll*. Roedd taliadau ychwanegol yn achos *trais* hefyd, sef *dilysrwydd* neu iawndal am dreisio diweirdeb merch, *sarhaed* oherwydd bod uniad o'r fath yn ei sarhau a *dirwy* a fyddai'n cael ei dalu i'r arglwydd.

Rheolau set ynglŷn ag uno mab a merch a'r taliadau a ddaeth yn ei sgîl yw prif gynnwys *Cyfraith y Gwragedd*. Eithr cawn ynddynt, ac, o bryd i'w gilydd, mewn mannau eraill yn y llyfrau cyfraith, gipolwg pellach ar natur y berthynas rhwng mab a merch. Cadwyd un rhestr hynafol iawn fel ffosil yn y llyfrau cyfraith sef *Y Naw Cynyweddi Deithiog*. Ystyr waelodol *Cynyweddi* oedd 'mynd at ei gilydd'. Yn y rhestr hon rhoddir enwau naw math o uniad rhywiol a gydnabyddid gan y gyfraith yn yr oesoedd gynt. Dosbarthodd yr Athro Thomas Charles-Edwards yr uniadau hyn fel a ganlyn:

i) Uniadau trwy rodd cenedl:
Priodas: uniad lle'r âi'r ferch i'r briodas gydag o leiaf hanner cymaint o eiddo â'i gŵr.
Agweddi: uniad lle'r oedd eiddo'r ferch yn llai na hanner gwerth eiddo ei gŵr.

ii) Uniadau a wnaethpwyd gyda chaniatâd y teulu a'r ferch:
Caraddas: uniad lle nad oedd y ferch yn ymadael â'i chartref ond byddai'r gŵr yn ymwelid â hi.

Perthynas mab a merch yng Nhyfraith Hywel Dda
(Llun yn seiliedig ar lawysgrif Llyfrgell Genedlaethol Cymru, Peniarth 28)

Dau lysfab: o bosib, uniad rhwng llysblant a'i gilydd.
Llathludd golau: uniad lle'r âi'r ferch yn agored i gartref ar wahân i gartref ei thylwyth.

iii) Uniadau nad oedd teulu'r ferch yn eu cymeradwyo:
Llathludd twyll: uniad lle y dihangai merch yn gyfrinachol gyda mab.
Beichiogi twyll gwraig llwyn a pherth: uniad lle y cysgai mab a merch gyda'i gilydd yn yr awyr agored ac y bu i'r ferch feichiogi fel canlyniad.

iv) Uniadau lle nad oedd y ferch yn cytuno:
Cyniweddi ar liw ac ar olau: uniad lle y cymerwyd menyw drwy drais.
Twyll morwyn: uniad, er enghraifft, lle y cysgwyd gyda morwyn ar ôl ei meddwi fel na fyddai'n ymwybodol o beth oedd yn digwydd iddi.

Dengys y rhestr hon fod perthynas mab a merch yr un mor amrywiol ei natur yng Nghymru'r Oesoedd Canol ag y mae heddiw. Gallai merch redeg i ffwrdd, caru yn yr awyr agored, croesawu carwr o ymwelydd i'w chartref yn ogystal â phriodi gyda chaniatâd pawb o'i theulu. Yr amrywiaeth hon a'r ffaith fod y cyfreithwyr yn ei chydnabod sy'n egluro pam oedd cynifer o blant anghyfreithlon, yn ôl syniadau heddiw, yng Nghymru'r Oesoedd Canol, a bod y gyfraith mor oddefgar tuag atynt, oherwydd roedd gan bob plentyn, sut bynnag y'i cenhedlid, yr hawl i gael ei gydnabod gan dylwyth ei dad ac i rannu ei etifeddiaeth. Roedd gan bob mam yr hawl i gael cynhaliaeth gan y tad tuag at ei fagu hefyd. Yr hyn na sonnir amdano yn *Y Naw Cynywedi Deithiog*, fodd bynnag, yw teimladau'r mab na'r ferch. Cawn gipolwg ar yr emosiynau a gynhyrfai perthynas rywiol mewn mannau eraill yn y llyfrau cyfraith, ond nid emosiynau cariad rhamantaidd mohonynt. Roedd confensiynau sefydlog ynglŷn â'r hyn a ystyrid yn anrhydeddus ac yn weddus i fab a merch, a'r hyn a ddeuai â chywilydd a sarhad iddynt, sef y cysyniadau holl bwysig yng nghymdeithas Cymru'r Oesoedd Canol. Gosodai Cyfraith Hywel waharddiadau ar ymddygiad dynol a fyddai'n cynhyrfu teimladau, ac fe'u cyfrifid gan y cyfreithwyr yn amgylchiadau a oedd yn gofyn am dalu dirwy ac iawndal a *sarhaed* (sef pris anrhydedd). Ceir cyfres o drioedd sy'n diffinio'r hyn oedd yn dwyn sarhad. Un o'r pethau oedd yn dwyn sarhad i Frenin Aberffraw, er enghraifft, oedd 'gwneuthur gwaradwydd iddo ynglŷn â'i wraig'. Sarhad i'r frenhines oedd ei tharo neu gipio rhywbeth o'i llaw. Roedd pob dyn yn y byd yn cael ei sarhau wrth i ŵr orwedd â'i wraig. Os oedd yn wraig, roedd yn sarhad iddi pe câi hi hyd i wraig arall gyda'i gŵr. Mae'r gosodiadau cyffredinol hyn ar beth oedd yn sarhau yn ymwneud â'r berthynas rhwng gŵr a gwraig.

Rhoddid mwy o bwyslais ar yr hyn oedd yn gywilyddus a'r hyn oedd yn anrhydeddus yng *Nghyfraith y Gwragedd* nag mewn unrhyw le arall yn nhestunau Cyfraith Hywel. Defnyddid lliaws o eiriau megis *sarhaed, wynebwerth* (Cf. *Face value* a *to lose face* yn Saesneg) a *gowyn* (tâl am gamwedd) i ddynodi taliadau arbennig o fewn priodas. Defnyddid geiriau eraill megis *cywilydd* a *gwarth* neu *waradwydd* i ddynodi teimladau mewnblyg. Cysylltid y geiriau hyn â rheolau oedd yn ymwneud yn arbennig â chadw gwyryfdod cyn priodi a diogelu diweirdeb ac enw da ar ôl priodi. Pwysleisiant yr ufudd-dod y dylai merch ei ddangos i'w gŵr a'r parch y dylai ef ei ddangos iddi hithau. Fel y gwelsom, disgwylid i ferch gyrraedd aeddfedrwydd yn ddeuddeg oed. Rhwng deuddeg a phedair ar ddeg roedd ei thylwyth yn awyddus i sicrhau ei gwyryfdod ac ennyn ynddi y syniad o'r hyn oedd yn weddus mewn priodas. Pan roddid hi i'w gŵr tyngwyd llw ynglŷn â'i gwyryfdod gan ei pherthnasau agosaf a rhoddid ernes am ei hymddygiad gweddus yn y dyfodol 'na fyddai'n gwneud cywilydd iddo o'i gorff na bod yn wgus wrtho'. Mae un triawd yn rhesymoli'r taliadau a wneid ar achlysur priodas yn nhermau'r cywilydd neu'r swildod a ddeuai iddi o'i chysylltiad â gŵr:

Tri chywilydd morwyn: pan ddyweto y tad, 'A forwyn, fe'th

roddwyd i ŵr'. Yr ail yw pan êl i'r gwely at ei gŵr gyntaf. Y trydydd yw pan gyfoto o'r gwely a dyfod i blith dynion. Am y rhodd telir *amobr;* am ei gwyryfdod ei *chowyll;* am ei chywilydd ei *hagweddi.*

Unwaith y cyflawnwyd y briodas adlewyrchid y gwaharddiadau a roddid ar ymddygiad y gŵr a'r wraig gan gyfres o daliadau. Pe bai gwraig yn cael ei tharo gan ddieithryn, byddai hynny'n sarhad iddi hi ac i'w thylwyth. Pe bai hi'n cael ei tharo gan ei gŵr, byddai hynny'n sarhad iddi oni bai fod yr ergyd yn gosb am 'ddymuno mefl ar ei farf, baw ar ei ddannedd neu ei alw yn gostog'. Petai ei gŵr yn anffyddlon iddi neu yn ei gyrru o'r gwely priodasol – gweithred a oedd yn cael ei hystyried yn sarhad i'w thylwyth – roedd yn rhaid iddo dalu *sarhaed* neu *wynebwerth* iddi (defnyddid yr wyneb yn symbol o anrhydedd). Pe digwyddai hynny deirgwaith disgwylid iddi ymadael â'i gŵr neu edrychid arni fel benyw ddigywilydd.

Petai'r gŵr yn dod â gwraig arall i'r cartref, byddai hynny hefyd yn warth iddi a chywilydd i'w theulu. Pe bai hi'n taro'r odinebwraig neu hyd yn oed yn ei lladd, nid oedd yn rhaid i'r wraig gyfreithlon dalu iawndal. Pe troseddai menyw yn erbyn ei gŵr byddai'n rhaid iddi dalu dirwyon a oedd yn farc o'i arglwyddiaeth ef drosti. Pe gadawai hi wely ei gŵr byddai'n rhaid iddi dalu *gamlwrw* iddo, sef dirwy gwerth tair buwch. Byddai'n rhaid iddi dalu'r un iawndal am ynganu geiriau dig neu fe gâi gosb gan ei gŵr. Eithr y sarhad mwyaf y gallai hi ei ddangos i'w gŵr oedd cyfathrachu â gŵr arall. Cyfeirir at hyn fel *cyflafan ddybryd.* Roedd tair gradd i'r fath gyflafan sef *rhoddi cusan i ŵr arall;* neu *ganiatáu ei gofysio* (sef ei byseddu) neu *ganiatáu cyplysu â hi.* Nid fyddai cusanu neu *gofysio* yn cael eu cosbi pe baent yn digwydd wrth chwarae *rhaffan* (rhyw fath o gêm gyda rhaff) neu mewn *cyfeddach* neu pan ddychwelai rhywun o bell. O dan amgylchiadau eraill, fodd bynnag, nid oedd angen ond si o hynny iddi gael ei gorfodi i'w wadu gerbron corff o reithwyr benywaidd, saith y tro cyntaf, pedair ar hugain yr ail dro a hanner cant y trydydd tro. Roedd yr angen i gynnull rheithwyr o'r fath yn *gywilydd* neu *warth* ynddo'i hun. Pe cadarnheid yr enllib gallai'r gŵr ei gwrthod a byddai cynnen yn codi rhwng ei thylwyth hi a thylwyth ei gŵr. Pe ba gwraig briod yn cael ei threisio ystyrid hynny'n warth, nid yn unig i'w gŵr ond hefyd i'w thylwyth genedigol. Un o'r pethau mwyaf cywilyddus a allai ddigwydd i deulu oedd bod â menyw lac ei harferion yn eu plith. Byddai ei harferion drwg hi yn golygu bod yn rhaid i'r tylwyth dalu iawndal. Gallai fod yn achos ysgariad a chynnen rhwng tylwythau.

* * *

Mae rheolau'r llyfrau cyfraith yn mynd â ni ymhell o fyd canu serch Hywel ab Owain Gwynedd neu Ddafydd ap Gwilym. Ânt â ni hefyd ymhell o fyd delfrydau gŵyl Santes Dwynwen. Eithr dangosant efallai yn well na'r canu serch na thraddodiadau'r Santes bwysigrwydd uniadau rhywiol yng nghymdeithas glòs dylwythol Cymru'r Oesoedd Canol.

Morfudd E. Owen

Llyfryddiaeth

Santes ar Stepan y Drws
Hugh Owen, *Hanes Plwyf Niwbwrch* (Caernarfon 1952).

Rhamanta
John Jones (Myrddin Fardd), *Llên Gwerin Sir Gaernarfon* (Caernarfon 1909).
Wirt Sikes, *British Goblins* (Llundain 1880).
Catrin Stevens, *Arferion Caru* (Llandysul 1977).

Glân Briodas
Myrddin ap Dafydd, 'Y Criw gwneud Drygau', *Llafar Gwlad* (Haf 1986).
Margaret Baker, *Wedding Customs and Folklore* (New Jersey 1977).
J. Ceredig Davies, *The Folk-lore of West and Mid Wales* (Aberystwyth 1911).
Evan Issac, *Coelion Cymru* (Aberystwyth 1938).
T. Gwynn Jones, *Welsh Folklore and Folk Custom* (Llundain 1930).
T. Llew Jones, *Hen Gof* (Llanrwst 1996).
Trefor M. Owen, *Customs and Traditions of Wales* (Caerdydd 1959).
Jacqueline Simpson, *The Folklore of the Welsh Border* (Llundain 1976).
Marie Trevelyan, *Folk-lore and Folk Stories of Wales* (Llundain 1909).

Y Wedd Gymdeithasol o Garu
Catrin Stevens, *Welsh Courting Customs* (Llandysul 1993).
David Jenkins, *The Agricultural Community in South-West Wales at the Turn of the Twentieth Century* (Caerdydd 1971).
Trefor M. Owen, 'Caru yn y Ffeiriau yn y Ganrif Ddiwethaf', *Medel*, cyfrol 2 (1985).
Kate Davies, *Hafau fy Mhlentyndod ym Mhentref Pren-Gwyn* (Llandysul 1970).
W. J. Davies, *Hanes Plwyf Llandyssul* (Llandysul 1896).
W. M. Morris, *A Glossary of the Demetian Dialect of the North Pembrokeshire* (Tonypandy 1910).
D.W. Harries, 'Tests of True Love', *Country Quest*, rhif 15 (Mehefin 1974).
Catrin Stevens, *Arferion Caru* (Llandysul 1977).
Elwyn Scourfield, 'Y Mudiad Diweirdeb', *Y Genhinen*, cyfrol 28 (1978).

Canu Serch y Cywyddwyr
Rachel Bromwich, *Aspects of the Poetry of Dafydd ap Gwilym* (Caerdydd 1986).
Huw M Edwards, *Dafydd ap Gwilym: Influences and Analogues* (Rhydychen 1996).
R. Geraint Gruffydd, 'Marwnad Lleucu Llwyd', *Ysgrifau Beiniadol I* (Dinbych 1965) 126-37.
Thomas Parry (gol.), *Gwaith Dafydd ap Gwilym* (Caerdydd 1952).
Thomas Parry (gol.), *The Oxford Book of Welsh Verse* (Rhydychen 1962).
E. I. Rowlands, 'Canu Serch 1450-1525', *Bwletin y Bwrdd Gwybodau Celtaidd*, XXXI (1984), 31-47.
John Rowlands (gol.), *Dafydd ap Gwilym a Chanu Serch yr Oesoedd Canol* (Caerdydd 1975).
Gilbert E. Ruddock, 'Prydferthwch Merch yng Nghywyddau Serch y Bymthegfed Ganrif', *Llên Cymru*, XI (1970-1), 140-75.
Gilbert E. Ruddock, *Dafydd Nanmor*, Cyfres Llên y Llenor (Caernarfon 1992).
Llinos Beverley Smith, 'Olrhain Anni Goch', *Ysgrifau Beirniadol*, XIX (Dinbych 1993), 107-26.